El secreto del indio

MONTAÑA
ENCANTADA

Lynne **R**eid **B**anks

Ilustrado por María Jesús Leza

El secreto del indio

everest

Dirección Editorial: **Raquel López Varela**
Coordinación Editorial: **Ana María García Alonso**
Maquetación: **Cristina A. Rejas Manzanera**
Diseño de cubierta: **Francisco A. Morais**
Título original: *The Secret of the Indian*
Traducción: **Yolanda Chaves**

Quinta edición

Text © Lynne Reid Banks, 1989
© EDITORIAL EVEREST, S. A.
ISBN: 978-84-241-5312-0
Depósito legal: LE. 1938-2007
Printed in Spain - Impreso en España

EDITORIAL EVERGRÁFICAS, S. L.
Carretera León-La Coruña, km 5
LEÓN (España)
Atención al cliente: 902 123 400
www.everest.es

EL SECRETO DEL INDIO

Cuando a Omri le regalan la figurita de un Indio americano en su cumpleaños, no imagina que poniéndolo en un armarito de metal y girando la viejísima llave puede hacer que el pequeño Indio cobre vida. Una vez que Omri se repone de la inicial impresión de asombro, piensa que es lo más divertido del mundo, pero no resulta así. Mantener el secreto él solo le resulta muy difícil, y surgen más problemas y peligros de los que nunca pensó.

1. UNA ESPANTOSA VUELTA A CASA

Cuando los padres de Omri regresaron a casa de su fiesta, su madre se quedó frente a la casa mientras su padre llevaba el coche por el lateral para aparcarlo. La llave de la puerta principal estaba en el mismo llavero que la llave del coche, así que la madre subió las escaleras y llamó al timbre. Esperaba que le abriera la canguro.

Hubo una prolongada pausa y luego la puerta se abrió. Allí estaba Omri, y Patrick. La luz estaba detrás, así que al principio no pudo verle con claridad.

—¡Santo Dios! ¿todavía estáis levantados? Deberíais estar en la cama desde hace horas.

Se calló. Se quedó con la boca abierta y le desapareció el color de la cara.

—¡Omri! ¿Qué, qué, que le ha pasado a tu cara?

Apenas podía hablar, y entonces fue cuando Omri se dio cuenta de que esta vez no escaparía tan fácilmente. Tendría que mentir como un loco o contar mucho más de lo que quería sobre el Indio, la llave, el armario y todo lo demás.

Él y Patrick habían hablado de eso, exhaustivamente, antes de que regresaran sus padres.

—¿Cómo vas a explicar la quemadura de la cabeza? —preguntó Patrick.

—No lo sé. Eso es lo único que no puedo explicar.

—No. No es lo único. ¿Qué me dices de los agujeritos de las balas y lo del dormitorio de tus padres?

La cara de Omri se arrugó aunque cada vez que fruncía el ceño, la quemadura le dolía.

—Tal vez no se den cuenta. Los dos necesitan gafas. ¿Crees que podemos arreglarlo todo?

Patrick había dicho:

—No, mejor déjalo. Después de todo, tienen que enterarse de lo de los ladrones. Tal vez con el jaleo, no noten que te ha pasado en la cara y las demás cosas.

—¿Cómo explicamos de qué modo nos libramos de ellos, de los ladrones, quiero decir?

—Podemos contar que entramos desde el cuarto de baño y les obligamos a salir corriendo.

Omri había sonreído torciendo la boca.

—Eso nos convierte en héroes.

—¿Y qué tiene de malo? Además es mejor que hablarles de ellos —Patrick que una vez había tenido muchas ganas de hablar de ellos, ahora comprendía perfectamente que era lo peor que podía ocurrir.

* * *

—Pero ¿dónde está la maldita canguro? ¿Por qué no ha venido? ¿Cómo se atreve a no aparecer después de haberlo prometido?

El padre de Omri andaba de arriba a abajo por el cuarto de estar, dando grandes zancadas y hecho una furia. Su madre, mientras tanto, abrazaba a Omri por los hombros. Él sentía su mano fría y temblorosa a través de la camisa. Después de haber perdido los estribos, horrorizada cuando le había visto, no había dicho casi nada. Su padre, por el contrario, parecía no poder parar de hablar.

—¡No se puede contar con nadie! ¿Dónde demonios está la policía? ¡Hace horas que les llamé! (En realidad, hacía cinco minutos). ¡Cualquiera pensaría que vivimos en una isla remota en vez de en la ciudad más grande del mundo! ¡Pagas sus malditos salarios y cuando necesitas a la policía, no aparecen nunca, nunca!

Interrumpió sus paseos y miró a su alrededor furioso. Los chicos habían vuelto a colocar el televisor y no se veía mucho desorden en la habitación. Arriba, aguardaban el caos e interminables preguntas que no se podían contestar.

—Cuéntame otra vez lo que pasó.

—Eran ladrones, papá —dijo Omri pacientemente. (Esta parte era muy clara.) Tres. Entraron por esa ventana.

—¿Cuantas veces he dicho que tenemos que poner cerrojos? ¡Soy idiota! –por unas cuantas asquerosas libras– sigue, sigue.

—Bien, yo estaba aquí dormido.

—¿En el cuarto de estar? ¿Por qué?

—Yo… esto… Bueno, estaba ahí. Y me desperté, y les vi, pero ellos no me vieron. Así que subí las escaleras, y…

Su padre, desesperado al oír la historia, estaba aún demasiado nervioso como para escuchar más de una frase sin interrumpir.

—¿Y dónde estabas tú, Patrick?

Patrick miró a Omri para pedirle ayuda. Omri levantó las cejas ligeramente. Ni él sabía cuanto contar y qué callar.

—Yo estaba en el cuarto de Omri. Totalmente dormido.

—¡De acuerdo, de acuerdo! Y luego, ¿qué?

—Esto… bueno, Omri subió, me despertó y dijo que habían entrado ladrones en la casa, y que teníamos que… esto… —se detuvo.

—¿Sí? —gritó el padre de Omri impaciente.

—Bueno… detenerles.

El padre de Omri se volvió hacia él.

—¿Detenerles? ¿A tres hombres? ¿Cómo íbais a detenerles? ¡Teníais que haber cerrado con llave la puerta de tu habitación y dejarles que actuaran!

—¡Estaban llevándose nuestro televisor y nuestras cosas!

—¿Y qué? ¿No sabéis que clase de gente es? ¡Podían haberos hecho mucho daño!

—¡Le han hecho mucho daño! —interrumpió la madre de Omri con voz estridente—. ¡Mírale! Ahora no importa el interrogatorio, Lionel. Ve a llamar a Basia por teléfono para saber por qué no ha venido, y deja que me lleve a Omri arriba y le cure.

El padre de Omri volvió al recibidor para llamar a la canguro mientras su madre se llevaba a Omri. Pero cuando encendió la luz del cuarto de baño y le miró detenidamente, lanzó un grito ahogado.

—¡Pero si es una quemadura, Omri! ¿Cómo te la hicieron?

Y Omri tuvo que decir:

—No me la hicieron ellos, mamá. Eso no. Eso fue otra cosa.

Se quedó mirándole horrorizada, luego se controló y dijo con toda la calma que pudo:

—Bueno, ahora no importa. Siéntate en el borde de la bañera y deja que te cure.

Y mientras le ponía el ungüento con sus manos frías y temblorosas, su padre subió las escaleras como una exhalación para decir que en casa de la canguro no cogían el teléfono.

—¿Cómo ha podido no venir? ¿Cómo ha podido dejar a los niños aquí solos? ¡Es vergonzosamente irresponsable! Ya verás cuando le eche la vista encima.

—¿Y nosotros qué? —preguntó la madre de Omri en voz baja, mientras colocaba una venda alrededor de la cabeza de Omri.

—¿Nosotros?

—Nosotros. Nos fuimos a la fiesta antes de que ella llegara.

—Bueno, bueno ¡pero confiábamos en ella! Pensamos que solo llegaba unos minutos tarde... —pero su voz fue apagándose, dejó de dar zancadas y fue a su dormitorio a quitarse el abrigo.

Omri oyó que encendía la luz y se mordió los labios esperando.

—¿Te hago daño, cariño?

No tuvo tiempo de negar con la cabeza, su padre entró como un cohete.

—En el nombre de Dios ¿Qué ha ocurrido en nuestro dormitorio?

Patrick, que estaba esperando en la puerta del cuarto de baño, intercambió una mirada lúgubre con Omri.

—Bueno, papá... ahí... ahí es donde ocurrió la batalla... quiero decir, ahí es dónde estaban, cuando nosotros... les cogimos.

—¡Batalla! ¡Eso es lo que parece, un campo de batalla! Jane, ven aquí y mira…

La madre de Omri le dejó sentado en el baño y fue al dormitorio. Omri y Patrick, petrificados y mudos de ansiedad, les oyeron intercambiar gritos ahogados y exclamaciones de sorpresa y consternación.

Después aparecieron sus padres. Se les había cambiado las caras.

—Omri, Patrick… Creo que será mejor que oigamos la historia completa antes de que llegue la policía. Venid aquí.

A regañadientes, por segunda vez aquella noche, los chicos pasaron por la puerta que separaba el cuarto de baño del dormitorio.

El espectáculo era horrible. Todos los cajones de la cómoda así como los del mueble alto estaban fuera de su sitio y su contenido esparcido por todas partes. La cama de matrimonio, había sido desplazada. Una silla había salido volando y la puerta del armario estaba abierta de par en par. Omri había colocado el mueblecito joyero de su madre de pie pero la puerta había quedado abierta.

Sin embargo, al encender las luces, lo que los chicos advirtieron más dolorosamente fueron los agujeros. Los agujeritos como de alfiler que habían hecho las diminutas balas, y otros no tan pequeños que habían hecho los morteros miniatura y las granadas de mano que habían fallado el blanco y dado en la pared y el cabecero, y a los pies de la cama. Ahora, al mirarlo, a Omri le pareció absurdo haber tenido la más remota esperanza de que sus padres no iban a notarlo. Podían ser un poco cortos de vista, pero después de todo, no eran ciegos. La habitación parecía picada de viruelas

Por si fuera poco, su padre estaba pasando los dedos por la pared blanca encima del cabecero.

—¿Qué ha pasado aquí, chicos? —preguntó en un tono de voz nuevo.

Patrick y Omri se miraron, abrieron la boca y volvieron a cerrarla.

—¿Y bien?

Esta vez no era un grito, sino simplemente una pregunta, una pregunta llena de curiosidad. Después de todo, desde el punto de vista de un adulto, ¿qué podía haber hecho esas marcas diminutas?

En ese momento, sonó un sirena de la policía y dos golpes en la puerta.

El padre de Omri miró a los niños con una expresión que quería decir "Esto es solo un breve aplazamiento", y salió. Ellos le oyeron correr escaleras abajo y fueron tras él. A mitad de camino, se detuvo.

—¡Dios Bendito! ¿has visto esto, Jane? ¡No me di cuenta cuando subimos! ¡Se ha roto uno de los postes de la barandilla!

Deseando por explicar algo que no fuera inexplicable, Omri le dijo que uno de los ladrones se había caído por las escaleras con las prisas de salir corriendo.

Su padre le miró.

—Debéis haberles dado un susto de muerte.

—Lionel —dijo la madre de Omri de repente.

—¿Qué?

—¿No crees que deberíamos oír lo que tienen que contar los chicos antes de que la policía hable con ellos?

Él dudó. El timbre volvió a sonar imperiosamente.

—Ya es demasiado tarde —dijo, y corrió a abrir la puerta a la policía.

2. HÉROES MODESTOS

Mientras los dos policías pasaban al cuarto de estar y la madre de Omri bajaba corriendo a verles, Omri y Patrick se quedaron un momento solos en lo alto de la escalera, cosa que les vino muy bien.

—Pareces un Sikh con ese vendaje —dijo Patrick —. Bueno, medio Sikh.

—No me importa lo que parezco. ¿Qué vamos a hacer?

Patrick se quedó callado un momento. Luego dijo:

—Inventarnos algo, supongo. ¿Qué otra cosa podemos hacer?

—De acuerdo. Pero ¿qué? Tiene que ser algo un poco creíble.

—Podemos probar diciendo que fueron los skinheads los que estropearon la pared. Podemos decir que tenían, no sé, herramientas con pinchos, barrenas o cinceles o lo que sea, y que las clavaron por todas partes para divertirse.

—O podríamos decir que no sabemos cómo los hicieron. Nosotros entramos y ellos salieron corriendo, eso es todo. Dejar que los policías lo resuelvan.

—Si miran bien, encontrarán balas diminutas en el fondo de los agujeros.

—No lo harán ¿Cómo van a pensar en algo así?

—¡Niños! Bajad aquí, ¿queréis?

Era el padre de Omri que les llamaba imperiosamente. Empezaron a bajar las escaleras lo más despacio que pudieron.

—¿Y tu quemadura? —susurró Patrick.

—Tal vez… Podemos decir que hicimos una fogata en el jardín y que tú me pegaste en la cabeza con una rama encendida.

—¡Oh, fantástico! ¡Di eso y te pegaré de verdad!

Eso hicieron. No intentaron explicar los agujeritos y cómo la policía asumió que los ladrones eran unos vándalos además de ladrones, no los examinaron de cerca. Fueron por todas partes buscando huellas dactilares pero dijeron que aunque había bastantes, las probabilidades de coger a los ladrones eran pocas, porque los ladrones –técnicamente hablando– en realidad no eran ladrones, porque no se habían llevado nada.

Omri contó la historia de la fogata sin involucrar a Patrick. Dijo solamente –repentina inspiración– que habían utilizado una lata entera de gasolina para mecheros para prender el fuego y que él, Omri, había encendido la cerilla con la cara sobre la leña. Sus padres, que estaban muy orgullosos de la forma en que los chicos habían salvado la casa de los intrusos, cambiaron repentinamente de opinión sobre la inteligencia de Omri.

—¿Cómo has podido ser tan indescriptiblemente ESTÚPIDO como para encender fuego así? ¡Eres medio IDIOTA! —dijo su padre —¿Cuántas veces te he dicho…?

La tos de uno de los policías le interrumpió.

—Perdone, señor. ¿Estaban estos dos chicos solos en la casa?

—Ejem…

—Porque como usted sin duda sabe, señor, se desaconseja totalmente dejar a cualquier persona menor de catorce años sola en una casa por la noche.

—Por supuesto que lo sé, sargento, y nunca, nunca lo hacemos. Siempre se queda una canguro. Muy puntual y de toda confianza. Tenía que haber venido esta noche a las siete, y cuando nos fuimos supusimos que se retrasaba unos minutos… Nunca antes nos había dejado plantados.

—Y ¿dónde está esa persona, señor?

—No apareció, sargento —dijo el padre de Omri con avergonzado—. Sí, ya se lo que va a decir, y tiene usted toda la razón. Los culpables somos nosotros y no me lo perdonaré nunca.

—Lo hará, señor —dijo el sargento desapasionadamente—. Con el tiempo. Pero le habría resultado mucho más difícil perdonarse a sí mismo, si hubiera sucedido algo peor.

Los padres de Omri agacharon la cabeza con tristeza y Omri se acercó a su madre que parecía a punto de echarse a llorar.

—Esto no es exactamente lo que se llama un barrio recomendable, especialmente por la noche —continuó el policía—. Esta misma tarde, han asaltado a una señora al final de esta calle, la tiraron de la bicicleta, estaba…

—¡La bicicleta!

Esto lo dijo la madre de Omri que levantó la cabeza bruscamente.

—¿Sí, señora…?

—¿Quien era la señora que atracaron?

El sargento miró a su compañero.

—¿Recuerdas el nombre, George?

Su compañero se encogió de hombros.

—Era un nombre que sonaba a polaco.

La madre y el padre de Omri intercambiaron una mirada horrorizada.

—¿No … sería la señora Brankovsky?

—Algo así.

—¡Es ella! ¡Nuestra canguro! —exclamó la madre de Omri—. ¡Dios Santo, pobre Basia!

—¿Basia? —preguntó el policía más joven— ¿Se llama así o eso es lo que le sucedió? —contuvo una risita. Pero el sargento le lanzó una mirada severa y le interrumpió.

—No tiene gracia, George.

—No, sargento. Lo siento.

—Le alegrará saber que no está herida de gravedad, señora. Pero tuvo que ir al hospital, para que le hicieran un reconocimiento. Los ladrones le robaron el bolso.

—¡Oh, es terrible! ¿A qué clase de barrio hemos venido a vivir?

"Ah", pensó Omri. "¡Ahora a lo mejor os dais cuenta de lo que he tenido que pasar caminando por la calle Hovel!" Nunca antes habían reconocido que aquél era un barrio horrible y que él tenía miedo.

El policía tomó nota de todos los detalles y descripciones de los skinheads.

—¿Podríais identificarlos si les volvierais a ver? —preguntó el sargento.

—No —dijo Patrick.

Omri no dijo nada. Sabía que volvería a verlos, el mismo lunes en el camino hacia el colegio. Pero aún tenía que decidir si les delataba o no.

Adiel y Gillon volvieron del cine justo cuando la policía se marchaba.

—¿Quienes son estos dos jóvenes? —preguntó el sargento.

—Los hermanos mayores de Omri.

—¿Qué pasa? —preguntó Adiel.

—Han entrado ladrones —dijo Omri rápidamente.

—¡QUÉ! —gritó Gillon— ¡No se habrán llevado mi equipo de música, ¿verdad?!

—No se han llevado nada —dijo su padre muy orgulloso—. Omri y Patrick les hicieron huir.

Los chicos mayores se miraron.

—¿Ellos y qué ejército? —preguntó Gillon.

Patrick ahogó una repentina risita nerviosa.

—Uno muy pequeño —murmuró. Omri casi le tiró al suelo del codazo que le dio.

Había mucho más que hablar, Adiel y Gillon tenían que oír toda la historia (aunque, por supuesto, no tenía nada que ver con la verdadera historia) otra vez. Estaban totalmente alucinados, y ni siquiera Gillon pudo encontrar algo sarcástico que decir sobre el modo en que Omri y Patrick habían manejado la situación.

—Estáis como cabras los dos —fue lo peor que se le ocurrió—. Esos matones podían haberos aplastado. ¿Como sabíais que no llevaban cuchillos?. Pero en su recriminación había más que un tono de admiración.

Adiel, el mayor, dijo:

—Realmente son un par de héroes. Nos podían haber limpiado la casa —y miró amorosamente, no a su hermano pequeño, sino al televisor.

Eran cerca de la una de la mañana cuando apuraron lo que quedaba de su chocolate caliente y la madre de Omri les mandó a la cama. Dió a Omri un abrazo especial, con cuidado de no hacerle daño en la cabeza y también abrazó a Patrick.

—Sois unos chicos fantásticos —dijo.

Omri y Patrick no se sentían bien. A ninguno de los dos le parecía justo estar llevándose todo el mérito de echar a los intrusos sin la colaboración de nadie, cuando en realidad habían recibido muchísima ayuda.

En cuanto subieron a la habitación de Omri en el ático, cerraron la puerta con llave y se dirigieron al escritorio.

Habían tenido que tomar una decisión precipitada, antes de que llegaran sus padres, para dejar las cosas como estaban, y no enviar de vuelta a nadie más después de haber enviado al Cabo Willy Fickits y a sus hombres. Como dijo Patrick:

—No sabemos si los heridos aguantarán el viaje. Además, no podemos enviar a los indios de vuelta a su tiempo sin la Matrona y no podemos enviarla a ella al suyo sin ellos. Y por supuesto no podemos enviarles juntos a ninguna parte.

Omri estaba de acuerdo. Pero los dos habían permanecido en vilo durante el tiempo que la policía había estado en la casa, temiendo que quisieran ver el cuarto de Omri. Afortunadamente los chicos habían tenido la precaución de decir que los ladrones no habían pasado del primer piso de la casa.

Ahora los chicos estaban junto al escritorio. Dejaron encendida la luz de la mesilla de Omri por si la matrona tenía que atender por la noche a alguno de los indios heridos. Ahora estaba sentada, echando una cabezada en una mesita redonda (hecha con el tapón de un frasco de champú Timotei, que tenía una forma muy adecuada porque la mujer podía meter las rodillas por debajo del borde). Sobre la mesa había una tablilla con sujetapapeles que había traído del Hospital de Santo Tomás. Había notas y gráficos de temperatura.

A ambos lados, en el suelo del barracón, había una fila doble de camastros. En cada una de las camas había un indio herido. Los cuidados de la Matrona habían sido tan eficientes que todos descansaban tranquilamente. Se había ganado la siestecita, aunque probablemente después negaría acaloradamente que se había quedado dormida mientras estaba de guardia.

Fuera del barracón, junto a la vela consumida, había una manta extendida sobre el semillero del padre de Omri. Sobre la manta, acurrucados y dormidos, estaban Toro Pequeño y Estrellas Gemelas, su mujer. En medio de los dos, acunado en brazos de Estrellas Gemelas, dormía su bebé recién nacido, Oso Grande.

Todas estas personas, cuando se ponían de pie, no medían más de 8 centímetros de altura.

3. CÓMO EMPEZÓ TODO

Todo había empezado hacía un año, con un botiquín de metal que había encontrado Gillon, una llave que encajaba en la cerradura y que había pertenecido a la bisabuela de Omri, y una figurita de plástico de un indio americano que Patrick le había regalado a Omri (era de segunda mano) por su cumpleaños.

Una noche fatídica, Omri metió al indio en el armarito de metal y lo cerró con la extraña llave. No lo hizo por ninguna razón en particular, realmente. Cuando después pensaba en ello, Omri no sabía por qué lo había hecho. En aquella época se había interesado por los armarios secretos, los cajones, las habitaciones; escondites donde mantener a salvo de ojos curiosos y guardar sus objetos favoritos, y tener la seguridad de que iban a quedarse exactamente como los había dejado, sin que los tocaran ni hermanos fisgones ni nadie.

Pero el indio no se había quedado como le había dejado. Alguna combinación entre la llave y el armario, más el material de que estaba hecho el indio –plástico– había obrado el prodigio de convertir al Indio en un ser vivo.

Al principio, cuando sucedió, Omri –una vez superada la sorpresa inicial– pensó que era lo más diver-

tido del mundo. ¡Un pequeño hombrecito para jugar y que era sólo suyo! Pero no fue así.

El Indio, Toro Pequeño, no era un simple juguete. Omri descubrió muy pronto que era una persona real, alguien que había aparecido por arte de magia en el Londres de nuestros días, en Inglaterra, procedente de la América de hace doscientos años. El hijo de un jefe de la tribu de los Iroqueses, un guerrero, un cazador con su propia historia y su propia cultura. Sus propias creencias y su propia moral. Su propio valor.

Toro Pequeño miró a Omri como si fuera un ser mágico, un gigante del mundo de los espíritus y, al principio, estaba aterrorizado. Omri se dio cuenta de que tenía miedo, pero el Indio era increíblemente valiente y controlado, y Omri no tardó en sentir admiración por él. Se dio cuenta de que no podía tratarle como a un simple juguete, era una persona que debía ser respetada a pesar de diminuto tamaño y su relativa indefensión.

Pronto resultó que no era ni por asomo una persona con la que resultara fácil convivir o a quien resultara fácil satisfacer. Tenía sus necesidades y las exigía tranquilamente, dando por sentado que Omri era todopoderoso.

Exigía comida. Un barracón, como los que usaban los Iroqueses para dormir. Un caballo, aunque nunca antes hubiera montado antes. Armas y animales para cazarlos, un fuego para cocinar y bailar alrededor de él. ¡Incluso pidió a Omri que le proporcionara una esposa!

Además de todo eso, Omri tenía que protegerle y esconderle. No hacía falta tener mucha imaginación para darse cuenta de lo que hubiera sucedido si algún adulto descubría lo del armario, la llave y sus poderes mágicos. Porque Omri se enteró muy pronto de que no sólo Toro Pequeño sino cualquier figura de plástico o cualquier objeto, adquiría vida o se convertía en real sólo metiéndolo en el armario y cerrándolo.

Pero no pudo mantener el secreto solo. Su mejor amigo, Patrick, lo descubrió y le faltó tiempo para meter dentro del armario su propia figurita de plástico. Y así fue como "Boo-Hoo" Boone, el vaquero de Tejas llorón, llegó a sus vidas para complicarlas aún más. Pues, como era de esperar, el vaquero y el indio eran enemigos y tuvieron que mantenerlos separados hasta que un montón de aventuras y su común situación –el hecho de ser diminutos en un mundo de gigantes– les unió y les hizo amigos, e incluso hermanos de sangre.

` Omri trajo una figurita de una chica India y la hizo real para que fuera la esposa de Toro Pequeño. Poco después, se decidió –con mucha reticencia por parte de los niños– que tener tres personitas, y sus caballos, expuestos a todos los peligros que les amenazaban en el mundo y tiempo de los niños, estaba por encima de sus posibilidades. Era demasiada responsabilidad. Así que les "enviaron de vuelta", porque el armario también funcionaba al revés, transformando a personitas en miniatura en figuritas de plástico y enviándolas a su tiempo.

Omri no había tenido intención de volver a jugar con aquella peligrosa magia. Le había dado demasiado miedo, demasiados problemas y demasiada pena cuando había tenido que despedirse de amigos a los que había cogido tanto cariño. Pero como muchos otros propósitos, éste se había roto.

Aproximadamente un año después, ya entonces las familias de Omri y de Patrick se habían cambiado de casa, Omri ganó el primer premio de un importante concurso de historias cortas. La historia que él escribió se llamaba "El Indio de Plástico" y era acerca de él –bueno, era la verdad, pero, por supuesto, nadie lo imaginó–; creyeron que Omri se había inventado un cuento maravilloso. Y estaba tan emocionado (el premio era de trescientas libras, iba a recibirlo en una fiesta en un hotel de Londres y hasta sus hermanos estaban muy impresionados) que decidió volver a traer a la vida a Toro Pequeño, sólo el tiempo justo de compartir su éxito con él puesto que su amigo era una parte fundamental.

Desgraciadamente, las cosas no fueron tan sencillas.

Cuando Omri puso a Toro Pequeño, a Estrellas Gemelas y su pony –sus figuritas de plástico– en el armario, salieron muy cambiadas.

Toro Pequeño estaba tendido sobre el lomo de su pony con dos balas de mosquete en la espalda, a punto de morir. Había habido una batalla en su pueblo, entre su tribu y sus enemigos los Algonquines y los soldados franceses. (Omri ya había aprendido que los Franceses y los Ingleses habían luchado en América en aquel tiempo, y la tribu de Toro Pequeño estaba del lado de los Ingleses). Toro Pequeño estaba herido. Estrellas Gemelas, a pesar de que estaba a punto de dar a luz, había conseguido subir a Toro Pequeño a su pony justo cuando había actuado la magia y les había traído –diminutos como antes, pero tan reales como siempre y con unos terribles problemas– a la habitación de Omri en el ático.

Así fue como Omri se vio metido en una serie de aventuras nuevas e incluso más espeluznantes y peligrosas.

Afortunadamente, Patrick estaba cerca y pudo ayudarle con algunas excelentes ideas. Boone "volvió" también y trajeron a la realidad a una Matrona de Hospital de una época mucho más reciente para salvar la vida de Toro Pequeño. Más tarde, cuando quiso volver a su pueblo, trajeron a la realidad a un cabo de la Marina Real, Willy Fickits y a un contingente de guerreros Iroqueses para vengarse de los Algonquines.

En este punto se produjo un giro increíble de los acontecimientos.

Boone, el vaquero, sugirió que los chicos fueran a la época de Toro Pequeño y vieran la batalla. Pensaron, por supuesto, que era imposible. ¿Cómo iban a meterse en el armarito de cuarto de baño que sólo tenía 30 centímetros de alto? Pero Boone les dijo que tal vez la llave mágica encajara en algo más grande, el viejo arcón de marino que Omri había comprado en el rastro, por ejemplo.

Funcionó. Los niños se metieron en él por turno, el que se quedaba giraba la llave, y los dos fueron por separado al pueblo Iroqués.

Cuando Omri "volvió" –terriblemente impresionado después de haber presenciado una espantosa batalla– tenía el pelo chamuscado y tenía la ampolla de una quemadura a un lado de la cabeza.

Los niños hicieron volver a la tropa India con la magia de la llave y descubrieron con horror que las armas modernas que habían dado a los hombres de Toro Pequeño –Toro Pequeño las llamaba "armas-ahora"– habían sido excesivas para guerreros sin preparación para utilizarlas. Muchos habían muerto disparados por su propio bando. Tuvieron que traer de nuevo a la Matrona para que curara a los heridos, pero habían muerto ocho.

Toro Pequeño estaba consternado, pero Estrellas Gemelas le consoló poniendo en sus brazos a su hijo, Oso Grande. Y Omri y Patrick asumieron la responsabilidad. No deberían haber enviado armas actuales al pasado... Aunque funcionaron muy bien, más tarde, cuando tres skinheads entraron a robar en la casa. Los niños trajeron a la realidad a unos cuantos Marines de plástico y montaron un ataque de artillería contra ellos mientras desvalijaban el dormitorio de los padres de Omri, venciéndoles de forma aplastante. Fue divertidísimo mientras duró, pero ahora se enfrentaban a sus secuelas: la realidad, el presente, los resultados de los hechos de la noche.

4. MUERTE EN LA NOCHE

Los dos niños estaban sentados en el suelo de la habitación de Omri y hablaban en voz baja.

—Tenemos que planear qué vamos a hacer —dijo Patrick—. Uno de nosotros debe quedarse aquí en tu habitación, de guardia, durante todo el fin de semana. Mantendremos la puerta cerrada desde dentro. El que no esté, tendrá que traer comida y cosas, así que será mejor que yo me quede aquí la mayor parte del tiempo. Sería rarísimo que yo empezara a llevarme cosas de tu cocina. No sé qué vamos a hacer el lunes…

Omri dijo:

—Yo sí. Yo tengo que ir al colegio y tú a tu casa.

—Oh, Dios, sí —dijo Patrick recordándolo.

Patrick vivía ahora en Kent con su madre. Habían venido a Londres sólo para hacer una visita corta a su tía y sus primas, Emma y la horrible Tamsin. Tendrían que haber vuelto ya a su casa en el campo, si no hubiera sido porque Tamsin se había caído de la bicicleta y roto la pierna, así que la madre de Patrick había decidido quedarse un día o dos para ayudar a su tía.

Se quedaron sentados en silencio. Omri no podía soportar la idea de quedarse solo en aquella situación cada vez más difícil. Y Patrick no soportaba la idea de marcharse.

—A lo mejor se muere Tamsin —dijo Patrick con aire siniestro—. Entonces tendríamos que quedarnos. Para el funeral.

Omri esperaba que se tratara sólo de un chiste de mal gusto. Detestaba a Tamsin pero no quería que se muriera, no ahora, después de haber visto la muerte, no con aquellos ocho pequeños cuerpos manchados de sangre que yacían bajo trozos de sábana, justo ahí, en su habitación…

—¿Qué vamos a hacer con… las bajas? —preguntó.

—¿Quieres decir con los muertos? Tendremos que enterrarlos.

—¿Dónde?

—En tu jardín…

—No podemos… Quiero decir, no es lo mismo que cuando murió el caballo de Boone. Son personas, no podemos enterrarlos. ¿Y sus familias?

—Sus familias están… están en el pasado en alguna parte. No sabemos dónde están, ni en qué época.

—Tal vez deberíamos… enviarles de vuelta por el armario, a su propio tiempo.

—¿Enviar de vuelta los cuerpos muertos? ¿Con balas modernas dentro?

—Su gente pensará que les ha matado el hombre blanco. No les examinarán. Seguirán, ya sabes, el ritual especial que tengan para estos casos y les enterrarán como es debido… o… o lo que hagan con los muertos.

De pronto, Omri sintió que le escocían los ojos y se le hizo un nudo pesado y ardiente en la garganta.

Puso la cabeza sobre las rodillas. Patrick debía estar sintiendo lo mismo, porque apretó el brazo de Omri con simpatía.

—No es bueno que lo sientas demasiado —dijo después de aclararse la garganta dos veces—. Sé que es terrible y que, en cierto modo, es culpa tuya. Pero vivían en una época muy peligrosa, luchando y exponiéndose a morir todos los días. Y fueron a la batalla voluntariamente.

—No sabían a lo que se enfrentaban con las "armas-ahora" —dijo Omri con voz apagada.

—Sí, lo sé. Aún así. No sirve de nada ser… ser un Boone.

El chiste sobre el cowboy llorón hizo que Omri sonriera.

—Por cierto, ¿dónde está Boone? —preguntó, sorbiéndose las lágrimas.

—Te lo dije, le envié de vuelta. Él me lo pidió. Le di un caballo nuevo y se fue. Mira.

Abrió el armario. En el estante estaba Boone, de pie junto a su caballo nuevo, uno negro, alto y de cara inteligente. En el suelo del armario, el Cabo Fickits y sus hombres aparecían amontonados con sus armas. Patrick los reunió a todos, volvió a meter a los soldados en la caja de galletas pero apartó a Fickits y a Boone. Boone fue a parar a su bolsillo, con caballo y todo. Siempre lo llevaba ahí, cuando no era real, como un amuleto de la suerte. En ese momento estaba tan orgulloso de Boone como Omri de Toro Pequeño. Omri se metió a Fickits en el bolsillo trasero de los vaqueros.

—Lo único que podemos hacer ahora es dormir un poco —dijo Omri.

Patrick se instaló en los cojines del suelo mientras Omri trepaba a su litera bajo el cielo. Miró a las estrellas a través de las ramas del viejo olmo que su padre insistía en cortar porque estaba muerto. Aunque estaba esquelético, para Omri era un amigo.

—Devolvamos a Boone mañana a la vida —susurró Patrick justo antes de quedarse dormido—. Yo no me siento capaz de enfrentarme a las cosas sin Boone, aunque. Además, quiero saber si le gusta su caballo nuevo.

Al amanecer un grito familiar despertó a Omri.

—¡Omri despertar! ¡Día llegar! ¡Mucho necesitar hacer!

Omri, con los ojos casi cerrados y la cabeza pesada de cansancio, se deslizó de espaldas por la escalera hasta el suelo. Patrick dormía como un tronco. La luz grisácea del amanecer se abría paso en el cielo.

—Es horriblemente temprano, Toro Pequeño. Estoy muerto —murmuró frotándose la cara y conteniendo los bostezos.

Toro Pequeño no le oyó bien. Sólo oyó su nombre y la palabra "muerto". Asintió con su musculosa cabeza y gruñó:

—Un muerto más en noche.

La garganta de Omri se cerró con una sensación de mareo.

—¿Otro? Oh, no… ¡Lo siento! —quería decir "lo siento-perdona", no simplemente "lo siento-lo lamento". Sentía que cada indio muerto era un peso más en su conciencia. Nunca debió hacer reales las armas modernas, nunca debió mandar de vuelta al pasado a Toro Pequeño y sus guerreros con ellas. El problema era que parecía no haber aceptado el hecho, que sólo sabía una parte de su cerebro, de que aquellas personas no eran juguetes devueltos a la vida. Eran de carne y hueso, con sus propios caracteres, sus propias vidas y sus destinos. Y habían involucrado a Omri en contra de sus deseos. Él se había encontrado formando parte de estos destinos, que nunca habrían sido posibles si no hubiera sido por la magia del armario… y de la llave.

La llave transformaba cualquier recipiente en una especie de máquina del tiempo encogedora de cuerpos. Su arcón de marino había llevado a Patrick y a él al siglo dieciocho, a la época y al país de Toro Pequeño… Omri no había tenido tiempo, hasta entonces, de pensar en las posibilidades de todo aquello.

Ahora miró con detenimiento el semillero y vio que dos de los indios que no habían sido heridos estaban sacando otro cuerpo fuera del barracón y lo llevaban hacia la pradera que había construido Patrick, con una diminuta valla para los ponies y que se había convertido en un depósito de cadáveres provisional. La Matrona iba detrás de la triste procesión, su expresión, bastante sombría en general, era más sombría que nunca.

—Hice lo que pude —dijo bruscamente—. Tenía una bala en el hígado. No pude sacársela.

Miró a los dos guerreros que dejaban al Indio muerto junto a los otros. De repente se volvió hacia Omri.

—¡Sé que hice esa operación a tu amigo! —dijo—. Y volví a operar anoche: fueron operaciones de emergencia tres de ellas, pero ¡qué demonios! ¡no soy cirujano! ¡qué idiota soy!, he sido una presuntuosa al creer que podía hacerlo. Pero no puedo. No estoy preparada. De todas formas... es demasiado para una persona sola —se le quebró la voz.

—Matrona, no ha sido culpa suya —empezó Omri, aterrorizado de que aquella mujer capaz, eficiente y práctica estuviera a punto de llorar porque entonces él se acobardaría completamente.

—¡No he dicho que lo fuera! ¡Culpa mía! —le miró, se quitó las gafas, las limpió en un pañuelo inmaculado que sacó del bolsillo del delantal y volvió a colocárselas sobre su enorme nariz.

—No tengo ni idea cómo he llegado aquí, de qué va todo esto. Ahora no intentes engañarme, sé cuándo estoy soñando y cuando no: esto es real. La sangre es real, el dolor es real, los muertos son reales. Mis operaciones fueron reales, las hice lo mejor que pude, pero lo que también es real es mi... mi... mi incompetencia.

De repente, sacó el pañuelo del bolsillo otra vez y se sonó. Se frotó la nariz varias veces y luego aspiró fuerte y convulsivamente.

—¡Lo que necesitamos es un equipo médico completo!

Omri se la quedó mirándo fijamente.

—Si no lo conseguimos, y rápidamente, morirán estos pobres hombres.

Después de un momento, en el que ella le miró expectante, Omri dijo lentamente:

—Le diré la verdad sobre su llegada aquí y todo lo demás. Pero probablemente no va a creerme.

—Después de lo que he vivido en las últimas cuarenta y ocho horas, ¡soy capaz de creer cualquier cosa! —dijo con ardor.

El chico le explicó las cosas lo mejor que pudo. Ella escuchaba atentamente e hizo un par de preguntas.

—¿Dices que afecta a cualquier objeto o figura de plástico?

—Sí.

—¿Y a objetos que pudiera llevar ocultos la persona, mi jeringuilla hipodérmica, por ejemplo, y otras cosas que traje en el bolsillo del Saint Thomas?

—Sí, se vuelven reales, siempre y cuando la persona las llevara encima antes de traerla.

—¡Bien! ¿Entonces por qué no puedes coger unos cuantos doctores de plástico y meterlos en el armario supuestamente mágico? Lo único que tienes que hacer es asegurarte de que llevan algún equipo médico, instrumental quirúrgico, etcétera.

—¡Las tiendas están cerradas! ¿Como voy a …?

De repente, Omri recordó. Hacía dos noches, habían ido a ver a Patrick a casa de su tía y habían intentado llevarse prestada la caja nueva de figuras de plástico de Tamsin, pero les había pillado y se la había quitado. Omri solamente había conseguido llevarse la figura que resultó ser la Matrona. Pero en el grupo había otras, incluido un cirujano y una mesa de operaciones.

Extendió el pie y despertó a Patrick dándole un golpe suave.

—¡Patrick! Escucha. Ha muerto otro indio. Y la Matrona dice que, si no encontramos un verdadero médico, morirán más.

Patrick se puso de pie frotándose el pelo.

—¿Y cómo vamos a conseguirlo en domingo?

—¿Qué hay de los que tiene Tamsin?

—¿Qué dices? ¿Que vuelva a casa de mi tía y se los birle a Tamsin sin que se dé cuenta?

—Sólo es cogerlos prestados.

—¡No, si el dueño no lo sabe o no está de acuerdo! ¡No cuando el dueño es la asquerosa de mi prima! ¡Me descuartizará!

Omri dijo con un tono de desesperación en la voz:

—Bueno, entonces, ¿qué hacemos? ¡Estamos ante una emergencia de verdad! —de repente, se le ocurrió una idea—. ¿Por qué no intentas comprárselas?

—Podría ser. ¿Tienes dinero?

—Ni un penique, lo gastamos todo en los guerreros indios. A lo mejor mi padre me presta un par de libras.

Su padre hizo algo mejor que eso. Le dio un billete de cinco y no era un préstamo hasta el día de paga.

—Te lo has ganado. Aquí tienes otro para Patrick.

Había desaparecido el del dinero.

A la hora del desayuno, que los niños tomaron muy deprisa, consiguieron llevarse a escondidas unos trocitos de bacon crujiente y unos cuantos Crunchy Nutflakes en los bolsillos, y Omri sorprendió a su madre pidiéndole té en vez de leche. La Matrona no sabía pasarse sin su té.

—¡Creí que odiabas el té!

—Me voy aficionando.

—Lo siguiente será aficionarse al whisky —comentó su padre desde detrás del periódico del domingo.

Patrick le dio un codazo. Cuando se mencionaba el whisky, se le venía a la cabeza una sola persona. A mitad de las escaleras, Patrick susurró:

—¡Hagamos volver a Boone ahora mismo!

En ese momento, llamaron a la puerta.

Omri volvió a bajar y abrió. Luego dio un grito ahogado. Afuera estaba Tamsin. ¡Tenía que ser ella!

¿Cómo era posible? ¡Si se había roto una pierna!

Omri la miró con atención. No era Tamsin sino Emma.

Emma era la hermana gemela de Tamsin. Era el vivo retrato de Tamsin, pero era completamente distinta. Por lo que Omri podía recordar, era una niña bastante tratable.

—Hola, Omri. ¿Puedo ver a Patrick?

Patrick se arrastró a regañadientes hasta el recibidor. Omri se quedó a su lado, esperando. Sintió que el miedo le paralizaba sólo de pensar que fuera había un coche esperando para llevarse a Patrick.

—Hola, Emma ¿qué tal? —dijo Patrick en tono despreocupado.

—Bien. A Tamsin le han escayolado la pierna y está mejor. Me han mandado venir porque el teléfono de Omri está estropeado y tu madre no podía llamarte para que vengas conmigo.

—¿Ahora mismo?

—Sí.

—Yo… ¡ahora no puedo!

—¿Por qué no?

Patrick titubeaba inútilmente, tratando de pensar alguna excusa.

—¿Cómo vamos a volver?

—En tren, por supuesto —dijo Emma—. Vamos.

Omri dijo:

—¿Tú has venido en tren hasta aquí?

—Sí, ¿por qué?

—¿Y has venido andando hasta aquí desde la estación?

—Sí.

Omri pensó en los skinheads. Era domingo y hasta los pocos que iban al colegio o tenían trabajo, estaban libres y andaban siempre por ahí. Él nunca andaba por la calle Hovel en domingo, si podía evitarlo.

—¿Te encontraste con alguien…?

Ella se encogió de hombros.

—Unos cuantos chicos. Absolutamente espantosos, asquerosos. No les hice caso.

Omri se estremeció. Pero luego se acordó. Había una magnífica posibilidad de no volver a tener miedo de esa pandilla nunca más. Metió la mano en el bolsillo de su pantalón vaquero y tocó la linterna bolígrafo que se le había caído al ladrón más joven de la noche anterior.

Al tocarla, sintió algo más. Era la llave. De repente tuvo un flash de inspiración que le tensó el cuerpo como si hubiera recibido una descarga eléctrica.

—Emma —dijo con voz extraña—. ¿Te importaría que hablara en privado con Patrick antes de que… se vaya?

Ella miró primero a uno y luego a otro.

—¿Cuál es el secreto?

Los dos se sonrojaron.

—Espera aquí ¿vale? —balbuceó Omri mientras empujaba a Patrick hacia el cuarto de estar y cerraba la puerta.

—Tienes que conseguir librarte de volver a casa —dijo Omri—. Yo no puedo con todo sin ti.

—Y, ¿qué hago? ¿Romperme una pierna?

—Bueno... si tuvieras agallas, podrías tirarte por las escaleras... probablemente te harías algo lo bastante serio...

—¡Gracias!

—... Pero no es eso lo que estaba pensando. Di a Emma que te has dejado algo arriba. Iremos a mi habitación, te meterás en el arcón con la figura de Boone y te enviaré a su época.

5. PATRICK SE VA

Patrick se quedó en blanco un momento, y Omri pensó: está asustado, ¡y no me extraña! pero después vio que no se trataba de eso. Patrick simplemente no había sido capaz de asimilar lo que le estaba diciendo.

Cuando lo comprendió, no sólo su cara sino todo su cuerpo pareció agitarse de excitación.

—¡Guau! —dijo solamente.

—¿Quieres decir que lo harás?

—¿Estás bromeando? ¿Ir al tiempo real de los cowboys? ¿Al país de los cowboys? ¿Ver a Boone a tamaño natural? ¡Mándame! ¡Vamos!

Salió disparado del cuarto de estar y ya estaba a mitad de camino por la escalera, cuando Omri hizo acopio de valor para seguirle. Cuando llegó al recibidor vio a Emma mucho más cerca de la puerta del cuarto de estar que antes. Patrick al salir casi se la lleva por delante.

Omri sospechó algo:

—¿Estabas escuchando?

—Sí —dijo al momento—. Pero no he entendido de qué hablabais.

—Ah, —dijo Omri con alivio. Pensó que era una niña muy franca, por lo menos. Tamsin nunca habría reconocido haber estado escuchando a escondidas. La mayoría de la gente no lo habría hecho.

Miró a Emma con más detenimiento. Era un año menor que él, por eso casi no se había fijado en ella en el colegio. Normalmente sólo nos fijamos en nuestros contemporáneos o en los más mayores. Pero ella había estado más o menos cerca durante casi toda su vida. Era extraño que nunca antes la hubiera mirado. Ahora descubrió que era bastante guapa, rubia y con la nariz respingona. tenía pecas, los ojos muy grandes y llevaba unos vaqueros cómodos y un anorak azul. Llevaba las manos metidas en los bolsillos y le observaba expectante.

—¿De qué hablabais ahí dentro?

—Es privado —dijo Omri. Miró las escaleras. Todavía oían los pasos de Patrick subiendo el último tramo hasta el dormitorio de Omri en el ático.

—¿Adónde ha ido Patrick?

—Ejem… arriba. A coger su pijama y sus cosas.

—Pero si anoche no trajo nada, salió a toda prisa.

—Oh. Bueno… de todas maneras… ha subido —dijo Omri débilmente, haciendo ademán de ir tras él.

Emma se le pegó a los talones. El paró en el segundo escalón.

—¿Puedes esperar aquí abajo?

—¿Por qué?

—Bajaremos enseguida.

—¿No puedo ver tu cuarto? Tú viste el mío —dijo—. Anoche, cuando viniste a nuestra casa. Mamá nos cambió a Tam y a mí para que Patrick se quedara allí.

—Es que…

Desde arriba les llegó la voz impaciente de Patrick:

—¡VAMOS, Omri! ¡No te entretengas!

—Espera en el cuarto de estar —dijo Omri decidido. Se volvió y corrió escaleras arriba.

En su cuarto encontró a Patrick metiéndose ya en el arcón de marino.

—¡Vamos! ¡Estoy listo! ¡Mándame!

Pero Omri, que era a quien se le había ocurrido la idea, estaba empezando a pensarlo mejor.

—Escucha. ¿Cómo voy a explicar que te has ido?

—No lo hagas. Líbrate de Emma como sea, pídele que se vaya a casa y di a tus padres que me fui con ella.

—¿Y qué pasará cuando llegue a casa sin ti?

—¡Para entonces será demasiado tarde! ¡Habré desaparecido! —sonrió alegremente.

—No, no lo harás. Estarás en el arcón, tu cuerpo al menos. ¿Qué pasa si empiezan a buscarte?

—Escucha. Esto ha sido idea tuya ¡y buenísima!. Deja de pensar en los problemas. Pon todos tus trastos encima del arcón como antes, nunca se les ocurrirá mirar ahí.

—¡Pero tu madre se preocupará horriblemente! Seguro que llama por teléfono. Entonces Emma dirá una cosa y yo otra…

Patrick estaba acurrucado en el arcón, mirándole desde allí. De repente, se levantó. Le había cambiado la cara. Parecía bastante enfadado.

—Quiero ir con Boone —dijo—. Ya lo he decidido. Y no quiero que me traigas de vuelta al cabo de diez minutos. Tú viviste una aventura en el poblado indio. Sé que lo pasaste mal, pero lo viste, viste la batalla, lo experimentaste. Ahora me toca a mí, y no quiero oír ninguna objeción poco convincente. Pon la llave en la cerradura y gírala, ¿quieres?. Yo soy el que corre el riesgo. Lo único que te pido es que entretengas a todo el mundo unos días.

Omri abrió la boca de par en par.

—¿Unos días?

—¡No vale la pena ir por menos tiempo! —contestó Patrick.

Omri no había pensado ni por un momento en que estaría más de unas horas cuando había tenido aquella –ahora se daba cuenta– estúpida idea.

—¡Pero podría ser peligroso! ¿Qué pasa si…?

Patrick hizo ademán de salir del arcón.

—¿Vas a hacerlo o tendré que pegarte? —rugió.

Omri no le tenía miedo. Eran muy parecidos de tamaño. Se mantuvo en su sitio.

—No tienes por qué utilizar tácticas de skinhead. —dijo.

Patrick pareció avergonzado.

—Lo siento. Siempre estás tratando de impedir que yo haga las cosas que quiero. Escucha. Será mejor que decidamos previamente cuando me harás regresar. El tiempo cuenta de la misma forma en los dos extremos. Así que digamos… una semana a partir de hoy.

—Estás completamente chiflado —dijo Omri—. ¡Una semana! ¡Cualquiera pensaría que vas de vacaciones! De acuerdo. Túmbate. Te mandaré. Pero no te pongas demasiado cómodo en Texas porque estarás de vuelta antes de lo que te imaginas si me encuentro metido en un lío por tu culpa, cosa que sucederá tarde o temprano.

Patrick le miró un momento, luego lentamente sacó la figurita de Boone de su bolsillo. Omri la tocó. Quería tocar a Patrick, estrechar su mano o algo así, pero no sabía qué hacer. Por eso tocó a Boone en su lugar y dijo :

—Salúdale de mi parte y dile… dile que cuide de ti. Mucho.

Patrick se hizo un ovillo en el fondo del arcón. Omri, bastante tranquilo ahora que la decisión estaba tomada, cerró la tapa. Sacó la llave de su bolsillo y la metió en la cerradura del arcón. Por un instante, la llave se quedó allí, con su cinta de raso roja colgando de su extraña cabeza. Luego Omri la giró con firmeza.

En ese momento oyó una vocecilla aguda muy cerca.

—¿Qué hacer Pat-Rick ? ¿Por qué mover barracón? ¡Muy malo mover hombres enfermos, asustar, hacer peor heridas!

Omri se volvió. Para abrir el arcón, Patrick había llevado el semillero con su precioso cargamento en miniatura de indios sanos, heridos y muertos al escritorio de Omri bajo la litera. Omri se había olvidado de ellos momentáneamente. Ahora vio a Toro Pequeño de pie en el borde del semillero con los brazos cruzados. Su rostro, alumbrado por la luz del escritorio, tenía un gesto de reproche.

—¿Qué hacer Patrick en caja?

Omri se agachó hasta que su cara estuvo a la altura de Toro Pequeño.

—Toro Pequeño, Patrick se ha ido. Acordamos que se fuera a la época de Boone. Va a quedarse allí un tiempo. Así que, si necesitas algo, tendrás que pedírmelo a mí.

—Yo pedir, tú no temer. —dijo Toro Pequeño rápidamente.

Omri contuvo un suspiro. No iba a ser "pedir", conociendo a Toro Pequeño.

—Empezar con comida. Mujer necesitar alimentar hijo. Necesitar buena comida, para mantener fuerzas.

—¡Oh, por supuesto! Lo siento, casi lo olvido.

Omri se metió la mano en el bolsillo y sacó su recolección de cereales en copos, trozos de bacon y tostadas que había envuelto concienzudamente en una servilleta de papel. Por supuesto, se había dejado abajo la taza de té. Tendría que bajar a buscarla. Mientras, había comida suficiente para todos.

Toro Pequeño miró la comida, probó un trozo de grasa de bacon crujiente y gruñó con mal disimulada aprobación. De pronto se enderezó y su cara volvió a adquirir un gesto de seriedad.

—No dejar guerreros muertos mucho tiempo —dijo Toro Pequeño—. Enviar de vuelta. Su gente encontrar, saber qué hacer, obedecer tradición para muertos.

—Sí —dijo Omri —Eso es lo que habíamos pensado ¿Cuando?

—Ahora —dijo Toro Pequeño, que empezaba a aprender algunas expresiones.

—Les meteremos en el armario —dijo Omri. Sabía que el armario era el vehículo del tiempo adecuado para la gente pequeña y el arcón para Patrick y para él.

La logística de la cuestión la resolvió Omri poniendo la mano izquierda con la palma hacia arriba en el suelo del semillero mientras Toro Pequeño y tres indios sanos colocaban en ella con cuidado y reverencia

los cadáveres, que aún estaban tapados con trapos manchados de sangre. Omri se estremeció al sentir el peso de los cuerpos, la frialdad de la muerte contra su piel. Luego, el "cortejo fúnebre" de cuatro subió a la palma de la mano de Omri que se movió lentamente hacia el armario que estaba colocado encima de la mesita baja en el centro de la habitación.

Abrió la puerta. Dos indios saltaron de su mano y subieron por el borde del armario, mientras los otros dos levantaban los cuerpos de uno en uno y los pasaban a los indios que los colocaban en el suelo del armario de metal.

Omri retiró la llave del candado del arcón y la metió en la cerradura del armario. El "cortejo fúnebre" saltó fuera y se colocó en fila mirando a sus compañeros muertos en silencio.

—Toro Pequeño —dijo Omri—.¿Qué te parecería si os fuerais todos ahora? Aquí no se puede hacer nada y allí hay mucho que hacer para reconstruir el poblado. Estoy seguro de que a Estrellas Gemelas le gustaría llevar al niño de vuelta y seguir con su vida.

Toro Pequeño se volvió hacia él pensando con el ceño fruncido.

—Bien —dijo—.Volver pronto ahora. Primero tú enviar muertos, después sacar plástico.

Omri cerró la puerta y giró la llave. Al cabo de un momento, volvió a girarla, abrió la puerta y sacó las nueve figuritas de plástico. Sabía que ya no servían para nada —la gente a la que pertenecían se había ido. Nunca más volvería a querer jugar con ellas. Después de pensarlo mejor, cogió un hoja de papel blanco, las amontonó en él y las envolvió con cuidado.

—Voy a enterrarlas —dijo a Toro Pequeño —Esa es nuestra costumbre con los muertos.

Toro Pequeño asintió muy serio.

—Bien. Primero nosotros bailar, pedir a Gran Espíritu proteger antepasados.

La Matrona había salido del barracón, convertido en una especie de hospital de campaña para los Indios heridos, y había visto cómo retiraban a los muertos. Llamó a Omri.

—Me produce un gran alivio que te hayas ocupado de ese asunto —dijo en su tono enérgico—. Ahora, una vez solucionado el de los muertos, ¿Crees que podrías dedicarte a prestar atención urgente al problema de los que aún están vivos?

Omri sintió un ligero sobresalto en el pecho. Ahora que Patrick le había abandonado, tenía que solucionar él solo el problema urgente de conseguir el equipo médico.

—Matrona, mire —dijo pensando en voz alta—. Es domingo. No puedo ir a las tiendas. Nosotros… es decir yo había pensado que podría ayudarme una amiga que tiene figuritas de plástico. No es exactamente una amiga. Es la prima de Patrick…

—¿Quién, yo?

El sobresalto que Omri había sentido antes no tenía nada que ver con el vuelco que le dio el corazón cuando oyó esa voz.

Se dio la vuelta, agachado como estaba en equilibrio inestable, y se cayó para atrás. Se quedó sentado contemplando a Emma que le miraba desde el umbral de la puerta.

6. UNO MÁS

—Emma! ¿Qué... qué... qué estás haciendo aquí?

Pero era demasiado evidente lo que estaba haciendo. Mirando. Y escuchando. La cuestión era ¿Cuánto había visto y oído?

Con vana esperanza, Omri movió los ojos hacia ambos lados para intentar ver lo que era visible desde su ángulo. Antes, cuando estaba agachado frente al escritorio, ocultaba con su cuerpo el semillero. Ahora que estaba en el suelo, todo quedaba a la vista. La diminuta forma de la Matrona, de pie, con los brazos en jarras, en el borde del semillero. El pony de Toro Pequeño, pastando en el diminuto prado que había hecho Patrick. Varios indios diminutos, moviéndose por la zona, volviendo a encender el fuego de la noche anterior con los trozos que no se habían quemado de cerillas y ramitas. Y el barracón, que se alzaba del suelo con su diminuta magnificencia.

Pero Emma no miraba a tanta distancia. Encima de la mesita baja que había entre ella y Omri, estaba el armario y los cinco indios. Cantaban y bailaban una lenta danza alrededor del paquete de papel blanco. Omri vio que los ojos de Emma estaban clavados en ellos.

No había nada que hacer. Cero. Nada de nada. Nasti de nasti. Y, cuando no se puede hacer nada, pensó Omri con cierto fatalismo, no hay que perder la calma.

—Bien —dijo y la voz le salió bastante tranquila —, ¿qué te parece?

Enma se quedó mirándoles bastante tiempo, con la mirada fija y sin parpadear, con las pecas muy marcadas en su cara repentinamente pálida.

—Están vivos —dijo por fin en tono de duda como si fuera a reírse de ella a carcajadas.

—Claro que lo están —dijo Omri poniéndose de pie—. Y no sólo esos. ¿Qué me dices de estos de aquí? —dijo señalando el semillero que estaba detrás de él.

Emma dio un paso adelante con cuidado, como si temiera que el suelo fuese a moverse y a abrirse bajo sus pies. Omri se dio cuenta de que llevaba una taza de té en la mano, la que él se había dejado en el desayuno; debió ser el pretexto que había buscado para seguirle hasta arriba. Como temblaba entre sus dedos sin fuerza, él se la quitó.

Mientras ponía unas cuantas gotas en la tapa de un tubo de pasta de dientes para la Matrona, Omri observó a Emma que miraba y miraba. Sabía que acababa de producirse lo que su padre llamaba un "salto cuántico" en la situación, el tipo de cambio que implicaba que nada volvería a ser igual que antes, cosa que daba miedo. Pero había un cierto encanto innegable en el hecho de observar a alguien más viéndolo, intentando comprenderlo, asumiéndolo.

Y Emma lo consiguió con una rapidez sorprendente.

—Siempre pensé que podía ocurrir —dijo de repente—. Casi ocurría cuando jugaba con mis animalitos de plástico. ¿Hablan? Oh, claro, por supuesto que hablan, tú estabas hablando con ellos.

La voz de la Matrona, débil pero chirriante como la tiza en la pizarra, sonó.

—¿Puede saberse quien es esta joven? No creo que nos hayan presentado.

Emma se volvió hacia Omri, ruborizada y sonriente:

—¡Guau! ¡Qué divertido, Omri! ¡Qué fantástico! Quiero decir, ¡qué genial!

—Sí —dijo Omri un poco amargamente—. Genial. Salvo que en esa pequeña tienda hay hombres heridos y que pueden morir si no hacemos algo. Y son de verdad, y yo soy responsable de ellos y Patrick está…

—¿Dónde?

—Ejem… se ha ido. Y…

—¿Ido? ¿Adónde?

Omri aspiró hondo.

—Ahora no tengo tiempo de explicártelo todo. Escucha. ¿Sabes el grupo de figuras de plástico que regalaron a Tamsin por su cumpleaños?

Emma andaba un paso por delante de él. Su cara se iluminó aún más.

—¡Sí! ¡Sí! ¡A mí me regalaron otro! ¿Quieres decir que podríamos hacerles vivir , que fueran reales, como estos?

Omri la agarró del brazo.

—Espera ¿dices que tú tienes los mismos modelos que Tamsin?

Ella se soltó.

—¡No me pellizques! No, el mío era diferente, el mío era una especie de tienda con carritos y cajas registradoras y...

A Omri se le cayó el alma a los pies.

—¿No son médicos?

Ella negó con la cabeza.

—No. Yo quería los doctores y todo eso, pero Tam no me lo quiso cambiar.

Omri dijo:

—¿Los vendería?

—¿Tienes cien libras sueltas? —dijo Emma cínicamente.

—Tengo cinco libras sueltas.

Emma frunció el ceño pensativa.

—No podrá resistirse. Está ahorrando para ir a esquiar.

—Patrick tiene otras cinco —dijo Omri—. Podría... —se volvió automáticamente hacia el arcón. Luego se calló.

—Esto... Escucha, Em. Voy a meterte en todo esto, bueno, ya estás metida. Pero hay un par de cosas que creo que no deberías... bueno que no te harán mucha gracia, al principio. Así que ¿te importaría ir abajo unos minutos?. Luego iré contigo a tu casa y negociaremos lo de las figuras con Tam.

Ella dudaba.

—¿Y luego volvemos aquí y haces... haces lo que tengas que hacer para que cobren vida?

Omri se quedó mirándola. Ahora ya sabía lo de las personitas. Pero no sabía lo de la magia, cómo hacer que sucediera. En realidad no sabía mucho, pensándolo bien. No podría contar. Nadie la creería. Y eso era el meollo de la cuestión, no que lo supiera, sino que pudiera contarlo. ¿Podría confiar en ella? ¿Se podría confiar a alguien un secreto tan excitante como aquél?

—Tenemos que hablar muy en serio —dijo—. En el tren. Pero ahora quiero que salgas. Por favor, Em.

Se miraron. Ahora la veía dispuesta a irse. No sabía si lo hacía por complacerle o por razones propias. De cualquier manera, el motivo no importaba. Se fue.

En el momento en que salió, cerró el pestillo para estar seguro. Luego corrió hacia el armario, sacó la llave, volvió a ponerla en el arcón y la giró.

Patrick estaba tumbado hecho un ovillo igual que antes y Omri recordó lo que había pensado la otra vez: Lo más lejos que se puede ir sin estar muerto. Era tentador quedarse allí, perdiéndose en especulaciones sobre dónde podía estar el verdadero Patrick.

Pero no tenía tiempo para tales pensamientos. Se acercó al arcón y hurgó en los bolsillos de Patrick buscando el billete de cinco libras. Y tocó algo que le hizo sacar la mano dando un grito como si se hubiera quemado.

¡Había algo vivo en el bolsillo de Patrick!

Omri se quedó allí parado con el corazón en la garganta. No era una persona, sino un animal pequeño de alguna especie. Omri lo había notado con las yemas de los dedos. Patrick debía tener algo de plástico en el bolsillo cuando se había metido en el arcón ¡y ahora estaba vivo!

Con precaución, Omri volvió a introducir los dedos en el bolsillo. Sí, ahí estaba, algo pequeño, suave y huesudo.

Lo cogió con cuidado, sintiendo que se resistía y se movía. Lo sacó.

Era un caballo negro, muy asustado, con silla y bridas estilo cowboy.

¡El caballo de Boone! El nuevo que Patrick le había quitado al soldado inglés. Omri le puso con mucho cuidado sobre la pradera del semillero donde el pony de Toro Pequeño estaba atado con un hilo de nylon doble. Levantó la cabeza cuando el intruso bajó del cielo y relinchó nervioso, pero en cuanto las patas del pony se posaron en el suelo y se sacudió, las cabezas ambos se inclinaron para pastar en el prado de hierba auténtica que Patrick había cavado y colocado allí.

Omri sonrió aliviado… Evidentemente, el pony de Boone estaba bien, aunque le hubiera gustado quitarle la silla y las bridas. Seguramente Boone le había puesto su vieja silla antes de que Patrick le enviara…

De repente, Omri se puso rígido, su cerebro se alteró ante el impacto que le produjo comprender.

¡Qué estúpidos!

Con las prisas y el rollo de "mandar" a Patrick, lo habían olvidado. ¡Habían olvidado cómo funcionaba! ¡Patrick tenía la figura de plástico de Boone en la mano, no al Boone vivo y real! Eso significaba…

¡Eso significaba que Boone, como el caballo, tendría que haberse vuelto real en el arcón!

—¡Boone! —gritó el chico frenéticamente en el interior del arcón—. ¡Boone! ¿Dónde estás? ¿Estás bien?

Silencio.

Omri agarró el brazo derecho de Patrick. La mano había quedado atrapada debajo del cuerpo. Omri la sacó. Tenía el puño muy apretado. Por la parte de arriba asomaba un mechón de pelo rojizo.

Con todas sus fuerzas, desesperadamente, Omri consiguió abrir los dedos de Patrick.

En su mano estaba Boone, el Boone real. Inerte. Inmóvil.

¿Muerto?

¿Aplastado?

—¡Matrona!

Antes de que pudiera enterarse, la robusta señora fue llevada del semillero a la mesa baja donde apareció casi sin respiración y sin dignidad.

—¡Otro paciente, no! Ya tengo más de los que puedo... —entonces le vio y le cambió la voz.

—¡Oh, por Dios! —dijo en voz baja—. ¡Por Dios, por Dios, por Dios!

Con una mirada de fatalidad, se arrodilló junto al cuerpo de Boone tendido boca arriba y le acercó el oído al corazón. Con horror, Omri vio que sacudía la cabeza.

7. PATRICK EN BOONELANDIA

El viaje de Patrick a través del tiempo y del espacio fue rápido e indoloro. Hubo un extraño whooosh durante el cual le pareció sentirse una sacudida como cuando dos camiones se cruzan a toda velocidad. Luego vino el calor, el silencio, la quietud…

Abrió los ojos hacia a un sol implacable y volvió a cerrarlos muy fuerte.

Palpó a su alrededor. No parecía haber nada frente a él. Pero sentía que estaba de pie y apoyado contra algo semejante a una manta, aunque más tieso, como si fuera una pared cubierta de franela.

Luego descubrió que había algo como una cuerda ancha y gruesa sosteniéndole por la cintura, sujetándole contra la suave pared. Abrió los ojos con cuidado. Al principio no pudo ver sino que el sol abrasador. Pero en unos momentos se acostumbró y se encontró mirando una extensión infinita de arena.

—Bueno —dijo en voz alta—. Esto es Texas, me imagino, debo estar en el desierto, o en una pradera…

¿Pero dónde estaba? ¿Dónde –entre aquella arena– estaba?

Miró hacia abajo. Tenía las manos apoyadas en una cosa semejante a una cuerda tan gruesa como su pierna que le sostenía con bastante fuerza por el pecho. Bajo sus pies había algo que se extendía hacia ambos lados y se doblaba unos metros más allá frente a él. Era como estar en el borde del lecho de un río seco, inmenso, suave y marrón claro. Subía ante él como la orilla de un río, pero la orilla era muy suave al tacto, y de repente se dio cuenta de lo que era.

—¡Es… es un sombrero gigantesco! —dijo en voz alta —Estoy atado a él y esta cosa debe ser la banda, ¡un inmenso cordón de cuero!

Empezó a retorcerse para librarse del cordón, en el que parecían haberle colocado como si fuera una pluma o las "moscas" que, a veces, colocan los pescadores en las bandas de sus sombreros. De repente, Patrick recordó que Boone llevaba algo diminuto –tan pequeño que apenas podía verse, sólo que era azul como sus vaqueros y su sudadera– en el cordón que llevaba alrededor de su adorado sombrero de cowboy.

Patrick se arrastró rápidamente por el ala del sombrero hasta el borde doblado hacia arriba.

Mientras avanzaba notó por primera vez el absoluto silencio que le rodeaba y comprendió que el sombrero estaba completamente quieto.

Debo estar en la cabeza de Boone —pensó —¿Pero, por qué no se mueve el sombrero mientras cabalga?

Se arrastró al borde del ala, se puso de pie y se asomó dispuesto a ver una caída inmensa.

La arena estaba a no más de cuatro o cinco veces el tamaño de Patrick.

Podía ver los granos de arena con tanta facilidad que le parecían los guijarros de una playa inglesa, salvo que algunos eran como trozos de cristal amarillo.

De repente se quedó helado y lanzó un grito ahogado. Una criatura inmensa, del tamaño de un galápago, avanzaba sobre seis patas dobladas en ángulo. Patrick se encogió detrás del borde del sombrero, y luego, al darse cuenta de que sólo era una especie de escarabajo y que no podía cogerle, se levantó con precaución y siguió avanzando por la infinita extensión de arena.

Miró a su alrededor, lo más lejos que pudo a causa del inmenso volumen del sombrero, que se alzaba contra el cielo como un edificio de suaves líneas. No había nada que diera señales de vida.

—Lo primero es bajar de aquí —pensó—. Aunque sea peligroso, no tiene ningún sentido quedarse.

Consideró el problema de bajar al suelo. Si la arena de abajo hubiera sido del tamaño de la arena que conocía, se habría arriesgado a saltar (luego, pensándolo mejor, después de mirar abajo, decidió que no). Pero sería suicida saltar sobre aquellas piedras tan grandes. Tendría que bajar con algo.

Patrick, a diferencia de Omri, era atlético. Se le daba muy bien el deporte y le encantaba escalar, saltar y balancearse. Lo que necesitaba era una cuerda y, por supuesto, lo primero que pensó fue en la banda del sombrero.

La siguió por la base hasta que encontró el nudo. Afortunadamente era viejo; el cuero estaba blando y el nudo flojo. Tirando de uno de los extremos en dirección contraria a como se había hecho el nudo, dos veces, consiguió desatarlo. Luego, con mucho esfuerzo, consiguió arrastrar uno de los extremos hasta que quedó suelta casi la mitad. Con mucho cuidado, dejó caer el extremo suelto por el borde del sombrero.

El peligro inmediato era que su peso, aunque relativamente ligero, tirara toda la cuerda al suelo cuando intentara deslizarse por ella, pero tenía que correr el riesgo. Aspirando hondo, estiró la pierna derecha por el borde rígido y abrazó la cuerda con los brazos y las piernas como si estuviera bajando por el tronco de un árbol.

Llegó abajo antes de tener tiempo de pensarlo y cuando sus pies tocaron las piedras, cayó del sombrero la cuerda que quedaba. Intentó apartarse a un lado cuando cayó al suelo, como si fuera una serpiente inmensa y pesada y no le pilló debajo por los pelos.

Volvió a respirar hondo y miró a su alrededor.

Lo primero que vio fue una inmensa e impenetrable masa de lo que parecían alambres de cobre.

Tocó uno. Era muy flexible –realmente no era un alambre, sino algo como…

Patrick lanzó un grito sofocado. De repente supo qué era. Y, al saberlo, comprendió inmediatamente que algo muy malo había sucedido.

La masa de alambres era el pelo rojizo de Boone, que sobresalía por debajo de su sombrero.

Patrick echó a correr. No era fácil correr sobre los guijarros de cristal e intentar no tropezar demasiado para dar la vuelta y llegar al otro lado de la inmensa cosa semejante a un promontorio –en realidad era la cabeza de Boone– que sobresalía en el paisaje del desierto.

Cuando llegó se detuvo, miró, se echó hacia atrás y volvió a mirar. Al final comprendió que para ver la cara en perspectiva tendría que retroceder mucho más. Se dio la vuelta y corrió cien pasos, y luego volvió a mirar.

Sí, ahora veía que era Boone.

Estaba tumbado de lado. Se alzaba en el suelo del desierto como una cadena de colinas. Aunque tenía la cara vuelta hacia un lado, el sombrero reposaba en horizontal encima de la oreja como si alguien lo hubiera colocado ahí, no como si Boone lo llevara puesto al caer al suelo. Su rostro alargado tenía una expresión que inquietó a Patrick.

A lo lejos, detrás de Boone, se erguía un gigantesco cactus del desierto. La cima, como la mata de judías mágicas de Jack, era tan alta que Patrick no podía verla. Parecía crecer del hombro de Boone. Patrick entrecerró los ojos y fijó la mirada en uno de los pinchos de aspecto siniestro que resaltaba contra el azul oscuro del cielo justo encima del brazo de Boone.

Si respirara, aunque fuera muy suavemente, el hombro se levantaría y el pincho desaparecería de su vista.

Pero no desapareció.

Patrick aspiró aire y contuvo la respiración hasta que estuvo a punto de estallar. De pronto se dio cuenta del fatal error que habían cometido.

Había venido con un Boone de plástico en el bolsillo. El Boone de verdad había regresado a Inglaterra, al presente de Patrick y Omri en el mismo momento en que Patrick había llegado. Debieron cruzarse. A eso se debía la extraña sensación de que algo pasaba a su lado mientras viajaba a través del espacio y del tiempo.

Patrick se sentó bruscamente e, igual de bruscamente volvió a levantarse. Las piedras de cristal estaban muy calientes. Todo estaba muy caliente. Se sentía

mareado. Anduvo tambaleándose hasta la sombra de Boone y volvió a sentarse para pensar.

Debía haberle hecho algo a Boone, porque le llevaba apretado en el puño cuando se habían metido en el arcón.

¡Quizás le había matado!

No había duda. Boone, en el momento del cambio, había caído aquí, en el desierto. Sin respiración. Sin vida.

Un terrible sentimiento de culpabilidad y una pena inmensa atenazaron a Patrick. Pero, como era un chico práctico, las lanzó sin miramientos al fondo de su mente y consideró su propia situación.

Estaba solo. No había ningún Boone que le cuidara.

Diminuto. Indefenso. A miles de kilómetros de ninguna parte y a merced del sol y del vacío desierto.

Era casi seguro que muy pronto volvería a seguir a Boone: esta vez, hacia el olvido de la muerte.

8. UN CORAZÓN DEJA DE LATIR

La incertidumbre era espantosa, la peor que Omri había sentido en su vida.

Observó a la matrona inclinada sobre la figura inmóvil con camisa de cuadros y zahones. Boone, tan real, tan persona, y al mismo tiempo tan vulnerable, que la mano de Patrick apretándole en el instante de ser llevado hacia atrás en el tiempo y en el espacio, podía haberle matado.

Omri pensó lo que sentiría Patrick cuando regresara y supiera que había matado a Boone. Matado. Apretujado hasta matarle. De pronto, Omri comprendió que la matrona tenía que hacer volver a la vida aquel diminuto cuerpo más por Patrick que por el propio Boone, y eso era lo que estaba intentado hacer en ese momento.

—Matrona…

—¡Chsss…!

Dejó de practicar el boca a boca a Boone y empezó a hacerle la respiración artificial, con las manos en las costillas, empujando con todas sus fuerzas hacia adelante y luego soltando, jadeando por el esfuerzo que estaba haciendo.

—¿Está… vivo? —susurró Omri.

—Sí —dijo cortante entre dos empujones —Casi.

—¿Qué le pasa? ¿Está... aplastado?

—¿Aplastado?... ¡Claro que no!... ¡Medio asfixiado!... ¡Nada más! —volvió a ponerle la oreja en el pecho.

—¿Dónde está su sombrero? —dijo de repente Omri.

La matrona se incorporó exclamando:

—¿Su sombrero? —dijo bruscamente —¿Qué importa su sombrero cuando se le ha parado el corazón?

—¡Se le ha parado el corazón! —al corazón de Omri estuvo a punto de pasarle lo mismo —¡Entonces, ha muerto!

—No, si podemos... ¡Espera! ¡Tú puedes hacerlo! Necesita un fuerte golpe en el pecho para que vuelva a funcionar! Yo no tengo fuerzas. ¡Ven aquí, haz exactamente lo que hago yo! ¡Mira!

Miró fijamente y la vio hacer algo con sus diminutos dedos.

—¿Qué...?

Ella gritó exasperada:

—¿Estás ciego? Es un movimiento como para dar una toba. Coloca el dedo detrás del pulgar y luego lánzalo...

—¡Oh! ¿Así?

—¡Eso es! Ahora hazlo hacia abajo, ¡contra su pecho! ¡No, tan flojo no! ¡Golpéale, hombre, golpéale! —gritó muy agitada.

Omri le dio una toba en el pecho con el dedo corazón. Se la dio con tanta fuerza que el cuerpo se agitó cuando le rozó la uña.

—¡Otra vez!

Omri repitió el movimiento. Luego, la matrona apartó el dedo y volvió a poner la oreja sobre la camisa de cuadros de Boone.

—¡AH!

—¿Se ha…?

—Creo… me parece… Estoy casi segura… ¡SÍ! —le miró sonriendo, sudorosa—. ¡Lo conseguiste! ¡Bien hecho! ¡Oh, lo has hecho! ¡Le has salvado! Ahora, tráeme algo caliente para arroparle mientras yo le pongo una inyección con un cardio-estimulante. ¡Mira, mira, está empezando a respirar normalmente! ¡Qué alivio! ¡De verdad que creí que se nos iba!

Omri, agotado y aliviado, corrió a cortar otro cuadrado de su destrozada sudadera que ya tenía todo el dobladillo hecho jirones a causa de todas las mantas en miniatura que había sacado de ella. Mientras, la matrona subió corriendo la rampa del semillero en dirección al barracón. Salió inmediatamente con una jeringuilla hipodérmica y una ampolla tan pequeña que Omri no podía verla, pero se la imaginaba. Se arrodilló junto a Boone, que ahora estaba arropado, y le puso la inyección directamente en el pecho.

—Ahora, escucha, joven. Entre los dos hemos conseguido salvar a éste, pero los casos de emergencia de ahí dentro siguen necesitando desesperadamente el cuidado de médicos expertos. Tienes que conseguir ayuda médica cualificada, urgentemente.

—¡Om-Ri!

Se dio la vuelta. Toro Pequeño estaba cerca de él, cruzado de brazos.

—¿Qué pasar Boone?

—Ha tenido un accidente.

—¿Hacha? ¿Diente? ¿Enemigo pegar con Toma-hawk?

—No, no... otra cosa... Está bien. La Matrona y yo cuidaremos de él.

—Bien. —Toro Pequeño se agachó y tocó el pelo rojo de Boone. Omri se emocionó ante su gesto de ternura, hasta que el indio añadió:

—A veces lamentar Boone ser hermano sangre.

—¡Toro Pequeño! ¿No seguirás deseando conseguir su cabellera?

El Indio pasó los dedos por el pelo de Boone con pesar y gruñó.

—Hermoso color, como hoja de arce... muy malo si otro bravo conseguir —dio un golpecito brusco y posesivo en la cabeza de Boone y se levantó—. Danza terminar. Tu coger bravos muertos, plás —tico. Poner en tierra.

—Toro Pequeño, ahora no puedo. Tengo que ir con Emma. ¿La has visto? Ella... ella te vio a ti. Tengo que asegurarme de que ella... nos ayuda, y no se lo cuenta a nadie.

Toro Pequeño pareció preocupado.

—Lengua de mujer estar quieta como agua que caer, como hierba en viento... Tú ir. Tener mano preparada para parar boca de Em-A. Primero poner Toro Pequeño en barracón con mujer, hijo.

—¿No quieres que te envíe aún de regreso al poblado?

Toro Pequeño, normalmente tan flemático, torció el gesto de repente, levantó los brazos y giró el cuerpo primero hacia un lado y luego hacia el otro.

—¡Muy malo, necesitar estar dos sitios mismo tiempo! ¡Querer estar aquí, no dejar bravos heridos!

¡Necesitar estar allí, con tribu! ¡Muy malo, corazón de hombre partido en dos!

Esto era más de lo que Omri podía aguantar. Cogió a los cinco indios, incluido Toro Pequeño de la mesa y los depositó a toda prisa en el semillero. Estrellas Gemelas salió corriendo del barracón con el bebé en brazos y Toro Pequeño la abrazó.

—Decidiremos lo que vais a hacer cuando vuelva —dijo Omri. Se volvió hacia la Matrona —¿Puedo dejarla sola?

—Por una buena causa… Sí.

—Deme una hora.

* * *

Mientras corría escaleras abajo, supo que Emma se había ido.

Se sintió como si le hubieran quitado algo aunque no la podía culpar de todo. Esperando sola ahí abajo debió sentir que todo aquello era demasiado para ella, que quería volver a su casa y regresar a su vida cotidiana. Pero él no podía dejar que se marchara. Por supuesto que no. Cogió el anorak y salió corriendo de la casa.

En cuanto salió de la puerta a Hovel Road, se olió que habría problemas.

Vio a mitad de camino calle abajo, fuera del salón de recreativos, una verdadera multitud. No podía ver a Emma, pero algo en la forma en que hacían corro los skinheads –algo en su actitud, en los ruidos que le llegaban a través de la calle, le confirmó que Emma estaba allí, en medio, atrapada, y que estaban metiéndose con ella, la misma intimidación que él había sufrido tantas veces. Sin ordenárselo conscientemente, sus pies empezaron a correr a toda velocidad.

No se detuvo a pensar ni se concedió tiempo para tener miedo. Simplemente les embistió con la cabeza.

Un dolor desgarrador estalló en su cabeza como una explosión de fuegos artificiales. ¡Había olvidado completamente su quemadura! Se tocó el sitio y notó el vendaje. Al mismo tiempo, el corro se agitó y se abrió para dejarle pasar, y vio las caras, primero atónitas, y luego retorcidas en risas burlonas.

—¡Jo! ¡Si es el viejo Ayatolá!

Emma estaba rígida y desafiante, con un gesto de desprecio en los labios, enfrentándose al más alto del grupo. Omri le reconoció al instante.

—¡No eres más que un chulo feo y asqueroso! —le soltó.

—Fulana —dijo con desprecio—. Tontalcu… —entonces vio a Omri. Se le cambió la cara. Era enfermizamente pálido pero se quedó del color de la cal. La mandíbula se le aflojó, como si el miedo que tenía Omri hubiera estallado y se reflejara en su cara.

—¡Tú! —exclamó con voz ahogada.

—Sí, yo —dijo Omri jadeando con la boca seca. ¡Eran muchísimos! —Dejadla en paz, o veréis lo que es bueno.

Un abucheo general surgió del grupo.

—¡Cuidado, tíos! ¡Postraos a sus pies y adoradle o es capaz de empezar una guerra santa!

Pero el jefe —el grandote que se había metido con Emma —miró con furia a sus colegas y la risa y el abucheo cesaron.

Levantó unos dedos mugrientos y se acarició la cara inconscientemente. Cruzándola en diagonal había una docena de puntitos en carne viva.

—¿Cómo lo hiciste? —murmuró entrecerrando los ojos y mirando a Omri —Daría lo que fuera por saber cómo hiciste lo que me hiciste.

Omri se limitó a esbozar una ligera sonrisa. Cogió a Emma del brazo.

—Ven, Em. Vámonos.

El chico alto hizo un movimiento con su cabeza afeitada. El círculo se movió, se abrió y les dejó pasar. Pero hubo un murmullo de asombro y rebelión.

Cuando estuvieron a salvo, Omri recordó algo. Se detuvo y se metió la mano en el bolsillo del pantalón vaquero.

Miró hacia atrás despreocupadamente. ¿Advertirían con qué fuerza le latía el corazón?

—¡Ah!, por cierto… —sacó la mano del bolsillo—. Creo que a uno de vosotros se le cayó esto.

Sostenía en la mano la linterna-bolígrafo que había recogido del suelo después de la precipitada huida de los ladrones.

El skinhead alto extendió la mano automáticamente, la cogió y luego la soltó repentinamente como si estuviera al rojo vivo. Cayó en la acera y rodó hacia la alcantarilla. Algunos hicieron ademán de cogerla.

—¡Dejadla! —gritó el jefe—. ¡No la toquéis! ¡Puede explotaros en la cara!

Omri se quedó mirándole un momento. Aquel tío enorme, ladrón y bravucón le tenía verdadero miedo. No era un sentimiento muy bueno, pero era mejor que el contrario, como había sucedido hasta entonces.

En ese momento, todas las caras estaban pálidas y nerviosas. Si se les quitaba el valor que mostraban en pandilla eran realmente un grupo patético. Omri sintió que empezaba a torcérsele la boca en una sonrisa burlona, pero sabía que era muy fea, así que se alegró cuando Emma le tiró del brazo.

Caminaron deprisa hacia la estación, dejando tras ellos el silencio de la derrota.

9. TAMSIN CONSIGUE LO
QUE QUIERE

Cuando llegaron a casa de Emma, había transcurrido ya la mitad de la hora que le habían dado a Omri y empezaba a sentir pánico.

Emma no le facilitaba las cosas.

—¿Qué vamos a decir por qué Patrick no viene con nosotros?

A Omri le gustó la forma en que decía "Nosotros", hizo que se sintiera menos solo con sus problemas, aunque no quería enfrentarse a éste. ¿Cómo iba a explicar la ausencia de Patrick? Tal vez podría jugar en los dos extremos, por así decirlo, contra el centro. Si en cada una de las casas –la suya y la de Emma– creían que estaba en la otra, no le echarían de menos durante algún tiempo. Pero para un mentiroso tan malo como Omri seguro que resultaba dificilísimo.

La madre de Patrick estaba en el umbral de la puerta para recibirles.

—Bueno ¿dónde está? —preguntó sin decir ni siquiera "Hola".

Emma se volvió a Omri, expectante.

—Esto… he venido a explicártelo —dijo—. Ya ves… —tragó saliva con fuerza. Ella tenía la mirada clavada en él, y le hizo bajar los ojos—. Nosotros… fuimos al Parque Richmond esta mañana a buscar castañas. En las bicis.

—La bicicleta de Patrick está en casa, en el campo.

—Quiero decir… él llevaba la de Gillon. Y… estábamos jugando… y se despistó un poco y me cansé de esperar y me fui a casa sin él. Espero que vuelva pronto —añadió rápidamente cuando la madre de Patrick entornó los ojos, apretó los dientes y lanzó una especie de soplido.

—¡Muy típico de él desaparecer justo cuando quiero que venga! ¡No se ha enterado de que hoy nos vamos a casa! ¿Qué pretende que haga? ¡Yo tengo que irme!

—¿Podría Patrick quedarse unos días con nosotros?

—No seas tonto. Y el colegio ¿qué? ¡Mañana hay colegio! —estaba obviamente furiosa y a Omri no le extrañaba.

Sin embargo, de momento no había nada que hacer. Emma empujó a Omri hacia el pequeño cuarto de estar y dejó a su madre furiosísima en la puerta.

—Déjame a Tam a mí —susurró—. No sé por qué te tiene una manía espantosa.

Omri se sintió bastante ofendido aunque el sentimiento era mutuo.

Tamsin estaba desplomada frente a un televisor pequeño, mirando alguna basura. Su pierna, encerrada en una escayola desde el pie hasta la rodilla, reposaba en un puf. Ni siquiera levantó la vista cuando entraron. Emma tosió.

—Oye, Tam, ¿quieres añadir algo a tus ahorros para ir a esquiar?

—Sí que voy a esquiar mucho con la pierna así —dijo agriamente.

—Podrás ir en Semana Santa. La mejor nieve es la de Abril.

Tamsin levantó la vista de repente al oír eso. Al ver a Omri entrecerró los ojos.

—Pareces una abuela con ese vendaje —comentó—. ¿Alguien te ha dado un tortazo?

—No. El último me lo diste tú —respondió Omri.

Tamsin tuvo la amabilidad de ruborizarse. Se volvió hacia su hermana.

—¿Qué hay de mis ahorros para ir a esquiar?

—Bueno, ya sabes las figuritas de tu cumpleaños…

—Ya te dije que no —dijo Tamsin—. No te las voy a cambiar.

Emma se encogió de hombros con absoluta despreocupación.

—Sólo quiero una o dos. Te las compro.

Tamsin volvió a mirar a Omri.

—¿Tiene esto algo que ver con él?

—¿Con quién?… ¡Oh, no! Por supuesto que no. Ya sabes que las quería ayer.

Tamsin pareció sorprendida.

—Si esperas a mañana, puedes comprar el mismo conjunto en la tienda de juguetes.

—Los necesito ahora —tuvo que decir Emma, aunque intentó que no sonara a preocupación.

Tamsin se enderezó despacio y con el ceño fruncido. Sin decir ni una palabra, bajó la escayola al suelo y salió de la habitación cojeando. Omri casi sintió pena por ella, pero este impulso caritativo iba a pasársele muy pronto. Emma le dio un suave codazo. Esperaron.

Tamsin regresó unos minutos después, trayendo la caja de la noche anterior que Omri enseguida reconoció.

La abrió y expuso el contenido. Las figuras, sujetas a un cartón con una goma elástica, aparecíansumamente tentadoras ante sus ojos. Los de Omri volaron hacia el cirujano, vestido de verde al aldo de la mesa y del diminuto instrumental al completo como pequeños alfileres borrosos. Había otros dos doctores, uno con bata blanca y estetoscopio y el otro, también de verde, que debía evidentemente formar parte del equipo quirúrgico. A Omri le costó muchísimo impedir que su mano se lanzara hacia ellos.

En lugar de eso, lo que hizo fue meterse las manos en los bolsillos y se dio la vuelta para mirar sin ver la televisión mientras se llevaba a cabo la negociación entre las hermanas.

La conversación parecía no acabar nunca. De alguna forma, Tamsin se daba cuenta de que la indiferencia de Emma escondía un deseo urgente de conseguir las figuras de los médicos. Al final, cuando el precio había alcanzado alturas astronómicas, varias veces más de lo que hubieran costado en una tienda, y Omri empezaba a desesperarse porque la avaricia de Tamsin no se satisfacía, llegaron a un acuerdo.

Separaron las figuritas. La mayor parte del billete de cinco libras de Omri cambió de manos, y Emma y Omri se encontraron de nuevo en el recibidor andando de puntillas hacia la puerta principal.

—¿Emma, adónde crees que vas?

Se pararon en seco. Emma cerró los ojos. Esta vez era su madre, la hermana de la madre de Patrick y según parecía igual que ella.

Omri pensó: bien, Emma tendrá que quedarse aquí y eso significa que no tendré que preocuparme por ella. Ya le había servido para lo que necesitaba y cuanta menos gente se viera envuelta en todo aquello, mejor. Pero miró a Emma a la cara y, para su sorpresa, se oyó decir:

—¿Puede venir Emma a mi casa a comer?

La madre de Emma dijo:

—¿Y cómo volverá a casa?

—Mi padre la traerá —dijo Omri con decisión.

—Antes de que se haga de noche.

—Por supuesto.

—Bueno… entonces sí. Supongo…

No le dieron tiempo para que lo pensara dos veces. Salieron muy deprisa y corrieron calle abajo a toda velocidad.

—Ahora —dijo Emma cuando se sentaron en el tren para volver al barrio de Omri—. Quiero saberlo todo.

Omri refunfuñó para sus adentros. Había conseguido eludir sus preguntas mientras se dirigían a su casa, pero algo en su voz le dijo que ahora no valían las excusas.

Se volvió en el asiento para mirarla de frente.

—Escucha, Em. Tienes que jurar que no se lo vas a decir a nadie.

—Vale —contestó ella rápidamente.

—No, así no. Esto no es un juego. No sabes lo difícil que te va resultar guardártelo para ti sola.

—Con una hermana como Tam, he aprendido a guardar secretos, no te preocupes.

Omri se echó hacia atrás en el asiento del tren. Tenía que confiar en ella era demasiado tarde para no hacerlo.

—Entonces, de acuerdo. Les has visto. Son de verdad, y no un sueño ni un juego. En este mundo hay magia, una magia que está relacionada con el tiempo y… y existen almas de personas que pueden viajar a través del tiempo, y de lugar en lugar, y a veces las cosas que parecen juguetes, cobran vida. Y nosotros también podemos viajar. Quiero decir: nuestros espíritus. Ahí es donde está Patrick, viajando a través del tiempo.

Emma le miró fijamente.

—¿Por qué es un secreto?

—¿No te das cuenta? Si los mayores supieran…

—Oh, sí. No sólo los mayores. ¡Si Tam supiera…!

—No nos dejarían tenerlo. Funciona… también debo decírtelo… con una llave especial. Y un armarito de baño, y mi arcón de roble. Nos lo quitarían todo. Vendrían los periodistas, la Televisión…

Emma se enderezó en el asiento, con los ojos brillantes.

—¿Saldríamos en la Televisión?

A Omri se le cayó el alma a los pies.

—Em, no debes. No debes pensar eso. Sí, saldríamos en la Televisión, y todo se echaría a perder.

Emma volvió a hundirse en el asiento con el ceño fruncido. Omri la vio pensar. Tuvo la sensación de que no estaba muy acostumbrada a pensar seriamente, como él antes de que empezara todo.

Fueron deprisa por toda la calle Hovel sin que nadie les molestara. La pandilla de skinheads se había ido, probablemente a sus casas a comer. Mientras medio corrían, Emma preguntó:

—¿Adónde ha ido Patrick exactamente?

—Bueno —dijo Omri—. Eso me tiene muy preocupado —y le explicó cómo funcionaba la llave—. Tienes que llevar algo o a alguien real, vivo, contigo, si quieres ir a un lugar y a una época concreta. Cuando yo fui al poblado indio, me llevé unos mocasines de Estrellas Gemelas en el bolsillo. Patrick se llevó a Boone, pero olvidó las reglas y, mientras él iba allí, Boone regresó aquí.

—¿Así que podría estar en cualquier parte, flotando por ahí en el tiempo?

—No lo sé. Sólo que…

—¿Qué?

—Bueno, es sólo una débil esperanza, pero estoy seguro de que Boone, quiero decir, su figura de plástico, llevaba puesto el sombrero cuando Patrick salió. Tal vez el sombrero quedara atrapado en algún… algún tipo de corriente en el tiempo y Patrick fuera con él. En ese caso, ha ido a Tejas porque allí es a donde pertenece el sombrero.

—*Complicao* ¿no? —dijo Emma con acento barriobajero.

Omri no tenía ganas de bromas y dijo con profunda emoción:

—Tú lo has dicho —pero la miró agradecido. Se lo estaba tomando razonablemente bien. Y era divertida. Y no estaba nada mal tener a alguien que le ayudara ahora que Patrick se había ido.

Cuando llegaron a la casa, Omri pensó que resultaba irónica la idea de que todo el asunto de que Patrick se fuera atrás en el tiempo había empezado porque no querían que volviera a casa... Lo habían hecho para que se quedara y ayudara a Omri.

¡Ja! –pensó Omri– Menudo amigo.

Pero Patrick era su amigo. E incluso esas veces en que Omri se hartaba de él, como ahora, seguía queriéndole y le procupaba lo que podía estarle ocurriendo.

Omri y Emma corrieron a la habitación de Omri. Lo primero que hizo Omri fue inclinarse hacia el barracón y llamar en voz baja:

—¡Matrona!

La mujer salió. Ahora no andaba moviéndose de acá para allá con tantas energías. Su delantal almidonado estaba manchado y su magnífica toca flácida y torcida. Parecía muy cansada.

—¿Y bien? ¿Ha habido suerte?

—¿Cómo está Boone? —preguntó Omri—. ¿Cómo están los otros?

—Tu amigo vaquero está un poco mejor, aunque todavía está inconsciente. Respira normalmente, pero está muy magullado. Los indios... —sus hombros bajaron un poco—. Uno está entre la vida y la muerte. Una bala en la tráquea, otra en la pierna. Necesito ayuda desesperadamente.

—Te la hemos traído.

Ella se enderezó aliviada, hasta la toca anteriormente magnífica, pareció ponerse un poco más tiesa.

—Bueno, ¿A qué estamos esperando? ¡Vamos a ello!

Mientras, Emma no había perdido el tiempo y había metido el equipo médico en el armario. Pero antes de que Omri cerrara la puerta, Emma dijo de repente, mirando el semillero:

—¿De quién son esos caballitos tan monos?

¡Caballitos monos! ¡Dios mío! pensó Omri, rechinando los dientes. Pero no perdió los estribos y dijo:

—El castaño es de Toro Pequeño y el negro del vaquero.

—¿Puedo meter el del vaquero en el armario?

—¿Para qué?

—Bueno, me gustaría ver cómo funciona en sentido contrario. Y tú has dicho que, a lo mejor, Patrick está en la época de Boone. Tal vez necesite un caballo.

—No seas tonta. Probablemente Patrick es ahora muy pequeño, ¡como ellos aquí! ¿De que le va a servir un caballo tan grande si no puede montarlo?

—Aún así, déjame.

Omri no quería perder tiempo en poner objeciones. Emma cogió con mucho cariño, entre los dedos índice y pulgar, el caballito negro y lo metió en el armario.

—¿Se irá hacia allá al mismo tiempo que los doctores vienen hacia acá?

—¡Sí! ¡Oh, venga, vamos de una vez! —dijo Omri impaciente.

La puerta se cerró tras el caballo vivo y los hombres de plástico. Giraron la llave. Emma, con la oreja pegada al espejo del armario, sonrió extasiada a Omri: oía vocecitas que se hacían preguntas en la oscuridad. Puso la mano en la llave, pero Omri la detuvo.

—Escucha —dijo en voz baja—. Uno de los momentos más peliagudos es cuando nos ven, tenemos que hacer que nos crean y no piensen que se han vuelto locos. Lo mejor que podemos hacer con la

gente moderna es traer a la Matrona para que se lo explique.

La Matrona estaba inquieta y ansiosa, impaciente por sacar al equipo y ponerse a trabajar con sus pacientes.

—Dejádmelo a mí —dijo—. Dejadme entrar en el armario.

—¿Pero qué les vas a decir?

—Ya lo he pensado —dijo—. La mayoría de los hombres, cuando se les dice lo que tienen que hacer en tono profesional, siguen las órdenes sin rechistar. Si se está convencido de que harán lo que se les diga, lo hacen. Sin embargo, tal vez se vean obligados a pensar si os ven a vosotros dos, así que sugiero que os mantengáis fuera de su vista.

Entró un momento en el barracón, probablemente para asegurarse de que todo estaba en perfecto orden y luego salió deprisa, bajó por la rampa y se dirigió al armario.

—Vamos allá —dijo—. ¡Ábrete Sésamo!

Mientras se colaba por la puerta parcialmente abierta, Omri metió la mano con cuidado en la parte de arriba y sacó la figura de plástico del caballo de Boone.

—Toma —murmuró a Emma—. Fue una idea tonta tuya, más vale que lo cuides.

Ella cogió la figurita y miró su cara de plástico.

—Está contento de estar en casa —dijo misteriosamente—. Al menos ahora Patrick no estará completamente solo.

10. UN AGITADO PASEO A CABALLO

Patrick estaba pensando, con la barbilla apoyada en las manos y los codos en las piernas. Estaba sentado a la sombra del cadáver de Boone (no es que Patrick se permitiera pensar en él con estas palabras, pero en el fondo, estaba bastante convencido de que así era), tratando de pensar y, al mismo tiempo, de no pensar. Los dos esfuerzos opuestos se anulaban mutuamente. Tenía la mente en blanco. La mirada perdida.

De repente los ojos se enfocaron. Se enfocaron en algo que no había visto antes. Dios sabe por qué: era enorme. Una inmensa cadena de montañas negras en el horizonte. Y se movía.

Se levantaba. Se agitaba. Una parte de aquello, en el lado más alejado a la izquierda, se alzó. Arriba... arriba ¡hacia el cielo!.

Patrick se puso de pie de un salto y colocó la mano a modo de visera sobre los ojos. La inmensa masa negra formaba curvas y ángulos que se movían y se agitaban. Era impresionante, como presenciar las fuerzas primigenias que habían creado el mundo, haciendo crecer montañas volcánicas de la lava ardiente del centro de la tierra.

Pero, de pronto, Patrick dejó de tener aquella sensación de asombro y terror. Echó la cabeza hacia atrás y se echó a reir.

Porque ahora la cordillera había dejado de crecer y estaba de pie sobre cuatro patas descomunales, revelando lo que en realidad era.

¡Un caballo!

Debía haber estado tumbado e inmóvil en lo que para Patrick era el horizonte y su espíritu o lo que fuera estaba lejos en algún lugar del tiempo y del espacio. Y ahora había regresado, y se había levantado, y ¡Cáspita! ¡Avanzaba hacia él!

Patrick echó a correr. Corrió hacia la mole protectora de Boone. Se escondió debajo de una inmensa solapa que era el cuello de la camisa de cuadros de Boone, debajo de su puntiaguda barbilla.

Mientras Patrick se metía tras el "telón" de franela, oyó un sonido extraño, casi musical, como un ronquido. Un inmenso bulto carnoso justo encima de la tira del cuello se movió primero hacia arriba y luego hacia abajo, haciendo que el cuello de la camisa temblara y se moviera. Al principio, Patrick no tenía ni idea de lo que estaba pasando, pero los ronquidos continuaron y también el movimiento en el bulto de Boone. De repente comprendió.

Aunque estaba asustado –las atronadoras pisadas de los colosales cascos del caballo al acercarse hacían temblar la tierra como si se tratara de una serie de terremotos– Patrick notó con una sensación de alivio incrédulo que la pinchuda piel estaba tibia, que los ronquidos eran los sonidos de la respiración y que el bulto era la nuez de Boone.

—¡Boone, estás vivo! —respiró Patrick, sintiendo una repentina e intensa felicidad. Casi besó la nuez cuando pasó a su lado. Pero entonces vió la tremenda cabeza del caballo que se acercándose a él y se agazapó temblando detrás del cuello de la camisa.

Sintió una corriente de aire caliente con olor a caballo que atravesó la gruesa franela cuando el caballo aspiró. Luego se oyó un ruido muy fuerte, como el retumbar de un trueno lejano cuando resopló. El caballo estaba oliendo a Boone. Luego acarició con el morro el hombro del vaquero, provocando otro terremoto que hizo que Patrick rodara por las piedras.

El chico se asomó para mirar desde detrás de la solapa.

Lo primero que vio, y le pareció enorme, fue un casco de caballo. La parte dura en pendiente era como dos veces Patrick, y tenía un flequillo de gruesos pelos negros colgando por la parte de arriba.

Patrick nunca supo qué le llevó a realizar la acción que ahora llevó a cabo casi sin pensarlo.

Sabía que tenía que salir de aquel desierto si no quería morir de insolación, de sed o de las atenciones de las criaturas salvajes. Tenía que escapar. Por eso actuó instintivamente.

Cogió carrerilla en dirección a la pezuña, subió la mitad de la dura pendiente con las manos y los pies, agarró un manojo del duro pelo negro, y trepó hasta una especie de saliente donde empezaba el gigantesco hueso de la pierna.

Le entró pánico. El casco en el que estaba subido estaba firmemente plantado en el suelo, pero en algún momento empezaría a moverse, probablemente muy

deprisa. Patrick miró la tentadora pendiente que había hasta el suelo y estuvo a punto de deslizarse por ella y regresar a la seguridad inmediatamente.

Pero luego pensó. No. Tengo que salir de aquí y ésta es la única manera.

Rápidamente, cogió unos cuantos pelos largos del tobillo del caballo, los retorció y se los ató con fuerza a la cintura; después se estiró todo lo que pudo y se agarró con las dos manos a los pelos mientras apoyaba las zapatillas deportivas en la arista de la parte de arriba del casco.

Se sentía sorprendentemente seguro, preparado para cualquier cosa. Eso pensó. No tenía ni las más remota idea de la aterradora experiencia que le esperaba cuando el caballo, al no obtener respuesta de su postrado amo, lanzó bruscamente la cabeza hacia atrás, se volvió rápidamente y empezó a galopar por la arena del desierto.

A Patrick siempre le habían encantado las atracciones terroríficas de las ferias, cuanto más miedo, mejor. El tambor centrifugador era una de sus favoritas, y el cohete que gira y cae en picado y da vueltas y se retuerce todo al mismo tiempo. Pero ninguna atracción de feria que pudiera haber soñado jamás el más ingenioso artista podía compararse con estar de pie agarrado al casco de un caballo gigante mientras corría por la arena caliente.

Una y otra vez el casco se levantaba en el aire, dejando el estómago de Patrick abajo y formaba un arco monstruoso que dejaba a Patrick suspendido sobre la arena. Si no se hubiera atado con fuerza, nada había podido salvarle. El casco se doblaba y giraba de tal forma que su cuerpo se retorcía y se lanzaba casi patas arriba, antes de que el casco volviera a caer de nuevo con una escalofriante sacudida. Sólo la velocidad era suficiente para que cualquiera se hubiera desmayado, pero Patrick resistió con todas sus fuerzas.

La sujeción de sus manos se iba debilitando a medida que aquella carrera loca, fantástica, que destrozaba los nervios y los huesos, seguía y seguía. Para empeorar las cosas, el polvo y las piedras que los cascos lanzaban desde el suelo al correr, volaban por el aire y golpeaban a Patrick por todas partes. En ese momento no sentía los golpes. Hasta el último rincón de su cerebro, cada uno de sus músculos y sus nervios, estaban ocupados en la tarea de sujetarse. No sabía que tenía los ojos firmemente cerrados, que respiraba a trompicones, y que con cada aspiración de aire lanzaba un grito o un gemido. Para él, todo era un espantoso movimiento, una oscuridad que daba vueltas, golpes bruscos y un absoluto terror.

Cuando se detuvo, estaba semiinconsciente. Había soltado las manos, aunque una de sus muñecas seguía sujeta por un mechón de pelos. Colgaba de ellos y de la atadura de la cintura como un muñeco de trapo. Tenía el cuerpo lleno de magulladuras; y la garganta tan llena de polvo que apenas podía respirar.

Poco a poco recobró sus sentidos y se enderezó con mucho dolor. Abrió los ojos con dificultad porque los tenía cubiertos de lágrimas por el viento y el polvo. Miró a su alrededor aturdido.

Al parecer había mucho jaleo. Ruido, movimiento. A su altura, cerca del suelo, podía ver muchos cascos de caballos gigantescos moviéndose. El suelo no era de arena, sino de tierra prensada. Había un olor a caballo muy fuerte, probablemente estiércol. Levantó la mirada y vio postes y vallas enormes, y las cabezas de varios caballos junto al suyo. Justo frente a él había un precipicio de madera de seis veces su altura.

El casco al que aún estaba atado se levantó e hizo un movimiento que le colocó al borde del precipicio. Patrick vio lo que era: el borde de una acera de madera. Ahora veía pies gigantescos, algunos con botas de vaquero y amenazadoras espuelas, otros con calzado más ligero pero cubiertos con largas faldas, que pasaban dando grandes zancadas y atronando sobre las tablas.

Patrick aprovechó que el casco del caballo estaba plantado, de momento, en la acera, para soltarse. Menos mal. En cuanto bajó del casco al suelo de madera, su caballo bajó la cabeza y empezó a morderse el tobillo con sus gigantescos dientes, grandes como lápidas, para rascarse exactamente donde Patrick estaba atado un momento antes.

Era peligroso intentar cruzar la acera, cualquiera de aquellos inmensos y atronadores pies podía aplastarle al pasar. Desde su punto de vista era como intentar cruzar una autopista de diez carriles en hora punta.

Pero no podía quedarse ahí. El caballo ya estaba olisqueándole, casi succionándole en su cavernoso agujero de la nariz. Corrió fuera de su alcance y se encontró rodeado de pies. ¡Tenía que salir de ahí! ¡Tenía que encontrar alguien que le ayudara!

Justo entonces vio unas botas que se paraban a su lado. Curiosamente, no eran negras ni marrones, sino de un rojo vivo y brillante. Un lazo escarlata se le había desatado y le colgaba por el suelo.

Patrick alejó la cabeza todo lo que pudo y miró hacia arriba.

Vio un cielo de espumosas enaguas blancas y el dobladillo de un vestido de raso rojo, por encima de él. Era una señora.

Había subido a la acera desde la calle sucia y se había detenido un momento. Otra vez, volvió a actuar sin pensarlo, se agarró al lazo rojo de la bota y trepó por él, aunque le dolía todo el cuerpo, hasta el arco del empeine donde se encontró cómodo y a salvo entre los lazos rojos cruzados y los agujeros con bordes metálicos de los cordones.

—¡Estoy a salvo! —pensó.

Eso era lo que él creía.

11. RUBY LOU

Los pies empezaron a moverse a lo ancho de la acera, no a lo largo. Este paseo resultó más tranquilo y agradable que el anterior. Patrick oyó un ruido sordo cuando la señora empujó con energía una puerta de vaivén. Luego entró.

Los sonidos de la calle, el repiqueteo de los cascos de los caballos, el ruido sordo de los pasos, el sonido de los carros, y las voces y los ladridos de los perros se transformaron en otros sonidos, que a Patrick le resultaban familiares por las películas que había visto del Oeste. Supo enseguida que se encontraba en un saloon. Había un piano que tocaba una melodía discordante, y voces que gritaban y cantaban alegremente. El aire olía a alcohol, a humo de cigarrillos, a perfume barato, sudor y a cuero.

La señora que llevaba a Patrick involuntariamente, se dirigió a la barra. Apoyó el "pie de Patrick" en una barandilla. Allí abajo estaba oscuro y olía bastante mal. Patrick se preguntaba cómo podría llamar su atención o si sería fatal hacerlo. Oía su voz entre las demás.

—¿Quién me invita a un trago, chicos? Ruby Lou nunca bebe sola y nunca, nunca se paga las copas.

No faltaron las ofertas. Patrick vio diversos pies de hombres que se agrupaban en torno a las botas rojas brillantes y oyó gritos joviales de voces masculinas allá arriba, chillando:

—¡Sí, Lou! ¡Te pago una docena!

—¡La buena de Ruby Lou! ¡Tómate una conmigo, cariño!

—¡Vale, vale! ¡No me acoséis! —dijo Ruby Lou bruscamente y las botas se arrastraron de mala gana para dar un paso atrás.

Patrick oyó el ruidoso glú-glú-glú del whisky al servirlo de una botella, y también lo olió. El whisky le hizo pensar en Boone inmediatamente, así que le pareció una coincidencia increíble que la voz de Ruby Lou se hiciera de repente eco de sus pensamientos.

—¡Eh! ¿dónde está mi hombre favorito? —gritó—. ¿Dónde está Boone? ¡Boone siempre me hace reír!

—¿Boo-Hoo Boone? ¡Más bien te hará llorar! —se burló un hombre, y todos los demás se pusieron a hacer que lloraban.

Ruby Lou asumió la ofensa en nombre de Boone.

—No es nada malo tener el corazón blando —dijo ella—. ¡El problema de todos vosotros es que no tenéis corazón, o si lo tenéis, no guarda más sentimientos que un trozo de piedra! ¡Y con eso no quiero decir que él no tenga agallas! ¡A mí dadme un hombre con sentimientos aunque tenga que usar dos o tres de mis mejores pañuelos de encaje cada vez que oiga una triste historia!

No debió decir eso. Imaginarse a Boone enjugándose las lágrimas con pañuelos de encaje era de-

masiado hasta para Patrick. Mientras el grupo de hombres se desternillaba de risa, Patrick, allá abajo, sobre el cuero rojo, se echó a reír también hasta que resbaló.

Sintió que se deslizaba por el lateral de la bota y se agarró al lazo rojo. Esto evitó que cayera al suelo, pero dio un tirón al pie de Ruby.

Cuando volvía a trepar hacia su sitio, vio que su enorme mano bajaba hacia él. Se agazapó en la abertura de la bota, y no se dio cuenta de que estaba metiendo las manos y los pies en el empeine hasta que la oyó decir de mala manera:

—Me ha picado algo en el pie. ¡Este saloon se está convirtiendo en un verdadero circo de pulgas!

Y sus dedos, con las uñas afiladas, empezaron a hurgar entre los lazos. Patrick intentó escabullirse pero, de repente, uno de los dedos cayó sobre él, aplastándole contra el agujero con bordes metálicos del cordón. Creyó que le rompía la espalda y se retorció frenéticamente para liberarse.

—¡Ay! ¡Me está picando una pulga! —chilló la mujer. Cogió a Patrick entre los dedos índice y pulgar y, al instante se vio suspendido en el aire.

Ruby Lou puso a Patrick encima de la barra.

De repente cesó el ruido que había a su alrededor. El repentino silencio asombrado se extendió por el local hasta que el pianista dejó de tocar y se quedó quieto. Patrick estaba de pie metido hasta los tobillos en un charco de whisky (los vapores estuvieron a punto de dejarle inconsciente), mirando hacia arriba asustado el semicírculo de enormes caras que había a su alrededor, esperando, sin poder hacer nada, que alguno de ellos levantara una mano carnosa y le aplastara de un manotazo.

Nadie lo hizo.

El camarero, que estaba en el otro extremo de la barra con una botella de whisky en las manos, la dejó caer. Cayó en la barra con un (para Patrick) golpe ensordecedor, haciendo que toda la barra saltara y, ante su horror, empezó a rodar hacia él lentamente derramando whisky mientras avanzaba.

Al verla acercarse, Patrick echó a correr para apartarse. Corrió todo lo deprisa que le permitieron sus doloridas piernas mientras oía cómo la inmensa botella avanzaba lentamente detrás de el por la barra de madera, cada vez más cerca. ¡Seguro, seguro que pronto rodaba sobre él como una apisonadora!

Pero, por suerte, no rodó en línea recta. De pronto oyó que el ruido paraba al llegar al borde. Hubo una breve pausa antes de que se estrellara contra el suelo del bar.

Dejó de correr y se volvió jadeando.

Todos los que estaban en el saloon tenían los ojos fijos en él, y todos los ojos inyectados en sangre se salían de las órbitas. Las enormes bocas estaban abiertas con la mandíbula descolgada, las caras recias estaban blancas como el papel o moteadas de púrpura.

—¿Qu-qu-qué ES eso? —farfulló al fin un hombre, señalándole con un dedo tembloroso—. Chicos, ¿estoy viendo visiones o … eso… es… un… tipo… diminuto?

Antes de que nadie pudiera contestar, Patrick sintió un movimiento rápido detrás de el. Se dio la vuelta instintivamente y se encontró mirando directamente el cañón de un revolver de seis balas.

—¡Sea lo que sea, no me gusta! —rugió el dueño, y disparó.

El ruido casi mata a Patrick aunque el arma se movió en el último segundo (¿una mole roja y brillante hizo que se tambaleara el brazo que disparaba?) La bala se hundió en la parte de arriba de la barra justo a su lado, astillando la madera.

Inmediatamente estalló el caos más absoluto.

El camarero, que se había echado hacia atrás contra el enorme espejo que reflejaba toda la estancia, desapareció de repente y sin hacer ruido, detrás de la barra. Eso pareció servir de señal. Los gigantes que estaban en la barra se volvieron locos, empezaron a pegarse, a dar puñetazos, a disparar sus armas al azar con una serie de horribles explosiones. Una de las lámparas recibió un golpe y cayó al suelo estrellándose y provocando el pánico.

Hubo un movimiento de la masa hacia atrás, que se alejó de la barra, seguido de un creciente retumbar de botas que salían en estampida por las tablas del suelo y que provocaba tremendas vibraciones que hicieron a Patrick bailar sin querer hacia arriba y hacia abajo sobre la barra. Veinte o treinta hombres se abrieron paso a empujones para salir corriendo por la estrecha puerta.

Un tipo pequeño, el pianista, tropezó y cayó al suelo. Los demás le pisotearon sin piedad. Cuando se marcharon todos, se quedó un momento allí tumbado sin respiración antes de levantarse. Echó una mirada aterrorizada hacia atrás, hacia la barra, levantó los ojos hacia el cielo como si estuviera rezando, dio un extraño grito y salió corriendo estrujando su sombrero.

Las puertas de vaivén se balancearon varias veces hacia adelante y hacia atrás, vacías, antes de detenerse.

Patrick se quitó los dedos de los oídos con precaución y miró a su alrededor por el saloon, esperando encontrarse solo. Pero no lo estaba, no del todo.

De pie, unos cuantos metros más allá, en la barra, en el sitio exacto en que Patrick había empezado a correr delante de la botella, había una giganta de pelo rubio y traje de raso rojo bastante escotado. A Patrick no le resultaba fácil juzgarlo, pero parecía bastante guapa. Llevaba un collar brillante de piedras rojas, pendientes largos y le miraba con una expresión bastante rara.

Extendió el brazo de pronto y cogió su vaso, y se lo vació en la garganta de un solo trago. Luego volvió a dejarlo en el mostrador y dijo:

—Bien, pequeño ¡seguro que serías un buen promotor de la liga antialcohólica! ¡Nunca había visto vaciarse un saloon tan rápidamente! Gracias por dejar que me invitaran a un trago antes. ¡Lo necesitaba!

Se rió con una risa un poco tonta y se bebió un vaso que alguien había abandonado. Luego le llamó:

—¡Ven aquí, pequeño Jack, matador de gigantes, ven con Ruby Lou! ¡Vamos! No voy a hacerte daño, sólo quiero estar segura de que no eres un sueño.

Patrick anduvo por la inmensa extensión brillante de la barra hacia ella. Le temblaban las piernas y sus pies iban chapoteando dentro de sus zapatillas de deporte empapadas en whisky. No sabía si estaría a salvo con ella o no; pero no podía arreglárselas solo y ¿quién más había? Además, a ella le gustaba Boone así que no podía ser tan mala.

La cara de Ruby Lou, muy pintada, se agachó hasta ponerse a su altura. Olió su perfume. Bueno, después de todo, era mejor que el del whisky.

—Bueno, chico, veamos. ¿Qué pasa? No estoy borracha, no soy una loca, y me parece que eres la criatura humana más pequeña que ha existido nunca a lo largo y ancho de Texas.

—En realidad, soy inglés —dijo Patrick sintiéndose un estúpido pero no sabiendo qué otra cosa decir.

—¡Inglés! ¿Y eso qué se supone que es: una presentación o una explicación? ¡He oído decir que es una especie de isla pequeña, pero nunca me habían dicho que los hombres de allí midieran menos de 10 centímetros!

Patrick se ruborizó.

—No soy exactamente un inglés típico —dijo—. Ya ve...

—Habla alto, chico, tienes una vocecita muy débil y, tengo que reconocerlo, ¡estoy un poco sorda de todos los tiroteos que hay por aquí!

Patrick se aclaró la garganta.

—¡Lo siento! —bramó. Luego gritó—. Escuche. Necesito ayuda.

—¡Estoy segura de eso, muchacho!

—No sólo para mí. Para Boone.

—¿Cómo? —su cara se iluminó—. ¿Eres amigo de Billy Boone?

—Sí. Somos viejos amigos. Y está en un apuro.

—¿Sí? ¡No me digas! ¿Y cuándo no?

—Está tirado en el desierto. Inconsciente. Creo que alguien debería ir a buscarle y traerle.

—¿Puedes decirme donde está?

—No. Pero tal vez su caballo pueda. Está ahí fuera. O estaba.

Ruby Lou se incorporó y miró a su alrededor. El saloon estaba aún vacío; pero espiando por encima de las puertas de vaivén había un par de ojos bajo un sombrero bien calado.

—¡Eh, reverendo! ¡Entra, no pasa nada!

Las puertas se abrieron lentamente y el pequeño pianista al que habían pisoteado se acercó sigilosamente no muy convencido.

—Quiero presentarte a mi nuevo compañero… ejem…

—Pat —dijo Patrick, pensando que "Patrick" sonaba un poco blando para el salvaje Oeste.

—Pat, este es Tickle. Su verdadero nombre es Reverendo Godfrey Tickson y tiene un pasado que no podrías creer viéndole ahora, pero le llamamos Tickle porque hace cosquillas a las teclas. Toca el piano, ¿lo coges? Toca muy bien, porque, no tienes más que decir el nombre de la canción y él la toca para ti. Pero ahora no ¿eh, Tick? Quiero que hagas algo importante. ¿Tienes la calesa a mano?

—Sí, Ruby —dijo el Reverendo Tickle con voz de pito—. Está ahí fuera.

—Yo y Pat, aquí presente, nos vamos a dar un paseo en el caballo de Boone y tú vas a ir detrás de nosotros ¿Qué dices? —le dio unos golpecitos en la mejilla regordeta.

—Claro, Ruby —dijo Tickle asintiendo con la cabeza hasta casi perder el sombrero—. ¡Lo que tú digas!

La mano blanca de Ruby Lou con sus brillantes anillos recogió a Patrick. Tragando saliva con fuerza, se dio cuenta por primera vez de cómo se sentía "la gente pequeña" cuando él y Omri los agarraban. Esperaba haber cogido siempre a Boone con el mismo cuidado con que Ruby Lou le cogió a él, pero lo dudaba. Recordaba aquellas veces en que se lo metía en el bolsillo del pantalón vaquero y no se preocupaba ni lo más mínimo de si el pobre Boone estaba asustado o incómodo.

—¿Dónde prefieres ir, colega? Otra vez en mi zapato no ¿eh? ¿En mi hombro? No, un poco resbaladizo… ¡Eh! ¡Ya sé un sitio seguro!

Y antes de que Patrick supiera lo que estaba pasando le metió en la parte delantera de su vestido. Que, una vez superada la vergüenza inicial, era como estar en la primera fila de la platea de un teatro. O como en la proa de un enorme barco.

Ruby Lou dio una palmada en la mano de Tickle cuando hizo ademán de coger una de las botellas abandonadas y salió del saloon con Patrick en su delantera como si fuera un mascarón de proa diminuto en un galeón antiguo. Hizo que le señalara el caballo de Boone y en un abrir y cerrar de ojos metió la bota de tacón alto en el pesado estribo y saltó a la silla entre un remolino de enaguas y raso rojo.

Patrick se encontraba a la altura de un rascacielos, con una fantástica vista de la calle que le resultaba en cierto modo familiar. Entonces se acordó. ¡Claro que sí! ¡Era la calle que Boone había dibujado aquella vez en la clase de arte de la escuela! Ahí estaba la cárcel, y al otro lado de la calle las caballerizas, la calle sucia con caballos y carretas, el cartel del doctor, el almacén…

Lo único que no había era gente, aunque le pareció ver unas cortinas moverse en algunas ventanas y la puerta de la oficina del sheriff cerrarse a toda prisa.

Mientras, Tickle corrió hacia donde estaba aparcado su caballo y su calesa, trepó al asiento del conductor, cogió las riendas y las sacudió.

—¡Alabado sea el Señor, ya estoy listo, Ruby! —gritó con su voz de pito.

—¡Vamos, chicos! —dio un golpe con el talón al caballo que se encabritó ligeramente y asustó a Patrick, pero Ruby se mantuvo en la silla firme como una roca.

—¡Llévanos, caballo! ¡Encuentra a Boone! —gritó la intrépida Ruby Lou. Momentos después iban galopando por la calle vacía dejando atrás a Tickle que les seguía entre una nube de polvo.

12. CON LAS MANOS EN LA MASA

Boone recuperó el conocimiento aquella tarde.

La Matrona había estado muy ocupada desde que había llegado el equipo médico. Ella les había llevado a toda prisa hacia el semillero, sin dejar de hablarles en un tono de voz de esto-es-interesantísimo-y-perfectamente-normal y, antes de que pudieran darse cuenta estaban haciendo su trabajo en un quirófano de emergencia con la ayuda de una linterna muy potente y recipientes diminutos que iban rellenando constantemente.

Emma era la que se ocupaba de que estuvieran siempre listos, aunque se los daba a Estrellas Gemelas para que se los llevara al equipo de médicos. Una parte contenía contenía agua hervida con unas gotas de desinfectante. La otra, agua hervida con té, azúcar y leche (En una ocasión al parecer la Matrona confundió los recipientes y a continuación hubo toses y resoplidos).

Como Boone no necesitaba que le operaran, le instalaron en una cama que le preparó Emma siguiendo las instrucciones de Omri, con una caja grande de cerillas llena de Kleenex doblados cuidadosamente y un acerico pequeño que hacía de almohada. La colocaron

en un rincón apartado del semillero fuera de la vista del barracón y de sus ocupantes. Estrellas Gemelas le vigilaba y, de vez en cuando, Toro Pequeño iba a visitarle. Se acercaba a la cama como por casualidad y observaba la cara de Boone con el ceño fruncido antes de marcharse otra vez con un gruñido de disgusto.

Pero, por fin, Estrellas Gemelas llamó a Omri y a Emma que acababan de regresar del jardín después de hacer un breve funeral sobre el paquete de papel que contenía los indios de plástico. (La familia de Omri no era practicante, pero Emma dijo una oración o algo por el estilo e incluso pensó en poner unas florecitas sobre la tumba).

—¡Boone despertar! —dijo Estrellas Gemelas, cambiando el ligero peso de su hijo de un brazo a otro. Era toda sonrisas. Ella apreciaba mucho a Boone desde que se había quedado para ayudarla durante el nacimiento de su bebé.

Omri y Emma se acercaron a la cama de la caja de cerillas y vieron que Boone había abierto los ojos e intentaba sentarse. Cuando vio a Omri inclinado hacia él, su rostro pelirrojo sonrió.

—Hola, socio —dijo con una voz bastante ronca—. ¿Qué me ha pasado esta vez? ¿Volvieron a dispararme una flecha esos canallas de pieles rojas, o qué?

—Me temo que fue Patrick —confesó Omri—. Lo hizo sin querer, te apretó con demasiada fuerza.

—¿Sí? Eso explica por qué siento como si tuviera las costillas rotas.

—Bueno, no están rotas, sólo magulladas, pero casi te asfixias.

Boone palideció.

—¡Asfixiado! ¿Quieres decir, como cuando te cuelgan? ¡Puf, esa ha sido siempre la peor de mis pesadillas! ¡Estirar la pata así! ¡Nunca habría pensado que Patrick fuera tan descuidado! Por cierto ¿dónde está el chico? ¿Y ésta quién es? —añadió de repente al ver a Emma.

—Esta es Emma, Boone. Una amiga nuestra. Emma, este es Boone. Es un vaquero de Texas.

Emma le tendió la mano y Boone agarró la uña de un dedo solemnemente y la sacudió.

—Es un gran honor, señorita —dijo cortésmente. Se quedó mirándola un momento—. ¿Sabes? Con ese pelo rubio y esos ojos azules como el cielo del mediodía, me recuerda a una dama que conozco... Claro, que tú eres un poco más joven que ella... —se quedó mirándola un rato más, luego se movió y dijo animadamente—. ¡Oye, cada vez me siento mejor! ¡Ya sabes, no hay nada como estar cerca de una mujer guapa para que un hombre de pelo en pecho agonizante vuelva al mundo de los vivos! Salvo... —tragó saliva significativamente.

Omri suspiró y miró a Emma.

—Quieres un trago —dijo con resignación.

—¡Sólo una! —les cameló Boone, indicando la porción más diminuta posible con los dedos pulgar e índice—. Es la mejor cura que existe para la asfixia.

—Oh, de acuerdo —dijo Omri riéndose —Iré a buscar un poco. Emma, charla con él, cuéntale dónde está Patrick, eso le hará olvidar la sed.

Omri bajó las escaleras hacia el cuarto de estar donde estaba el armario de las bebidas. Su padre no bebía, pero tenía siempre una botella de whisky, vino y cerveza a mano, con vasos de los tamaños y formas adecuadas. Omri eligió un pequeño vaso de licor y estaba poniendo una pequeña dosis de whisky en él cuando entró su padre y le pilló con las manos en la masa.

—¿Omri? ¿Qué diablos estás haciendo?

La pregunta no la hizo en mal tono, sólo con asombro. Omri se quedó parado con la botella de whisky en una mano y el vasito en la otra, como el vivo retrato de la culpabilidad.

—Yo…yo… yo… Estoy sirviendo una bebida.

—Ese vaso no es para whisky —dijo su padre como si no se le ocurriera decir ninguna otra cosa. Se acercó, cogió la botella de las manos de Omri y volvió a taparla. Hubo un silencio y después dijo:

—Bueno, ya que la has servido, tómatela.

Omri se quedó mirando el líquido marrón del vaso. Quiso decir: "No es para mí" o "No lo quiero", pero sabía que si lo hacía, surgirían más preguntas imposibles de contestar. Así que respiró hondo y, con una sensación de desesperación, se lo tragó de un golpe.

Era horrible. Pareció quedársele pegado a la garganta, atragantándole. Se le llenaron los ojos de lágrimas. Cuando por fin el líquido bajó, le quemó por el camino y le cayó en el desprevenido estómago como una pequeña explosión.

Estaba pendiente de su padre que le observaba con curiosidad.

—Evidentemente, no estás acostumbrado a los licores fuertes —señaló mirando la cara roja de Omri y sus ojos llenos de lágrimas.

Omri no dijo nada.

—Era un experimento ¿verdad? —insistió su padre en tono de hombre-a-hombre.

—Algo así —dijo Omri con voz ronca.

—Bueno, "pruébalo todo una vez" es mi lema. Sólo una vez en este caso, ¿vale? —y apartó la botella con firmeza.

Omri fue hacia la puerta intentando librarse de aquel asqueroso sabor de boca. Justo cuando llegaba, su padre dijo:

—Creo que ya es hora de que les lleve.

—¿A quién? ¡Ah!, quieres decir a Emma.

—Y a Patrick.

—¿Patrick? —repitió Omri sorprendido.

—¿Está arriba en tu cuarto, no?

—Hum… sí. Pero está dormido.

—¿Qué quieres decir?

—Estaba cansadísimo y se quedó dormido y… Bueno, pensé que podía quedarse esta noche —farfulló Omri.

—¿A su madre no le importa?

Omri murmuró algo y luego dijo:

—Voy a decirle a Emma que baje.

Mas tarde, Emma llamó a Omri por teléfono en secreto desde su casa para decirle que le había dicho a la madre de Patrick que Patrick había regresado a casa de Omri sano y salvo después de su "paseo en bicicleta", pero que estaba "tan cansado que se quedó dormido". Y, aunque estaba enfadada, se había resignado a quedarse en la ciudad un día más.

—Le daré solamente esta noche —dijo Omri—. Lo que dijo de quedarse una semana es ridículo. Le traeré de vuelta por la mañana.

Emma se quedó callada un momento, luego dijo:

—Odié tener que marcharme. No quiero perderme nada. Por favor, da recuerdos a Boone y a Estrellas Gemelas y a Toro Pequeño. Y al bebé. Y a la Matrona.

—La Matrona no los apreciaría —dijo Omri—. Está por encima de esas cosas —pero hubo algo en la intensidad del sentimiento en la voz de Emma, que le gustó—. Te veré en el colegio mañana —siguió—. Y no lo olvides. Ni una palabra a nadie. Sin excepciones. Promételo.

Y Emma contestó:

—Ya lo prometí.

A pesar de todo, Omri apenas pudo dormir aquella noche.

13. EL SEÑOR JOHNSON SE
HUELE ALGO

Al día siguiente era Lunes. Colegio.

Omri se levantó muy temprano después de una noche sin descansar. Por una vez, no tuvo que despertarle Toro Pequeño.

Lo primero que hizo fue abrir el arcón. Patrick estaba exactamente igual que antes, con la piel helada pero respirando ligeramente. Omri se puso en cuclillas y se quedó mirándole. Sabía lo que tenía que hacer. Lo que debía hacer, en realidad. Además, se moría por saber qué había pasado en Texas, si era allí adónde Patrick había ido. Aunque no quería interrumpir una gran aventura, si es que se estaba produciendo.

Sin embargo, cerró la tapa y puso la mano en la llave con el lazo de raso rojo.

—¡Joven! Necesito ayuda.

Era la Matrona, con su tono de voz más imperioso.

—¿Puede esperar, Matrona?

—No. Algunos de estos hombres están mucho mejor y podrían regresar al lugar al que pertenecen. Están ocupando camas, por no hablar de mi tiempo. Vamos, les he reunido fuera del armario, así que mándales a su lugar de origen.

Omri se levantó. Los indios, nueve, muchos con las cabezas o las extremidades vendadas, uno con unas muletas hechas con cerillas, estaban junto a la puerta del armario. Toro Pequeño y Estrellas Gemelas estaban con ellos.

—¿Te parece bien que les envíe, Toro Pequeño?

—Bueno regresar. En poblado, mucho necesitar hacer. Cada bravo tener trabajo, suficiente para muchos.

—¿Quieres ir con ellos? —preguntó Omri con el corazón encogido.

Toro Pequeño le miró.

—Yo mucho pensar en volver o quedar. Yo querer esto y esto. Por eso yo elegir. Tu enviar Toro Pequeño ahora. Después, cuando sol irse, tú traer. Yo ver poblado. Luego volver y ver bravos heridos.

—¡Buena idea! ¡Casi puedes estar en los dos sitios a la vez! ¿Te llevarás contigo a Estrellas Gemelas?

—Sí llevar esposa. Llevar hijo. Llevar caballo. Omri traer Toro Pequeño de vuelta cuando sol irse.

Omri se sintió un poco confundido respecto a la logística, pero asintió con la cabeza y él y Toro Pequeño se tocaron las manos.

Abrió el armario. Con la ayuda de la Matrona y ayudándose los unos a los otros, los indios treparon por el borde inferior del armario llevando el caballo. Toro Pequeño ayudó a Estrellas Gemelas. Ella dirigió a Omri una mirada tierna y le dijo adiós con la mano.

Omri cogió la llave del arcón y les envió. ¿Por qué se sentía tan triste ante una partida que iba a durar solo un día? Se guardó las figuritas de plástico en el bolsillo.

La Matrona dio un ligero suspiro de satisfacción.

—Ahora ya no perderemos a ninguno más —dijo—. Los demás están reponiéndose.

—¿Qué piensa el equipo de todo esto?

La Matrona se permitió una sonrisa de complicidad.

—Como dijo Shakespeare: "La conciencia nos hace a todos cobardes". Me parece que todos creen que bebieron demasiado y ninguno quiere reconocerlo ante los demás. Así que se pusieron a trabajar de acuerdo con mis órdenes. Quiero decir, sugerencias.

—Me imagino que ha estado toda la noche en pie, después de que les enviamos de vuelta.

—Digamos que no he dormido demasiado. No importa. Es el pan nuestro de cada noche.

—Es usted maravillosa —dijo Omri sinceramente.

—¡Bah, bah, bah! —dijo la Matrona desechando el cumplido, pero Omri había notado un rubor de placer sobre sus curtidas facciones—. ¿Qué hay de una taza de té? No puedo empezar el día sin mi té.

—¡Y yo no puedo empezar el mío sin mi café! —sonó la voz de Boone. Omri le había colocado en una "casita" hecha con piezas de Lego y la había apartado de la vista colocándola detrás del armario. Así, Boone podía dormir bien por la noche, lejos del semillero y de todo el trajín hospitalario del barracón.

Omri levantó el tejado. Boone estaba sentado en la cama muy tieso y parecía preparado para cualquier cosa.

—Además, estoy hambriento. ¡Ya que me privaste de mi licor, no vayas a dejarme ahora sin un sustancioso desayuno!

Omri había tenido problemas con él la noche anterior cuando había regresado sin el whisky.

Bajó corriendo a la cocina y cogió todo lo que encontró para preparar un "suculento desayuno" mientras ponía a hervir agua para el té y el café. Deseó que Emma estuviera allí. Se sentía asediado, teniendo que hacerlo todo solo. No estaba seguro de haber acertado con la prioridad de procurar que todos estuvieran alimentados antes de hacer nada con Patrick. Mientras subía las escaleras de puntillas pensó que tendría que hacerlo en cuanto se vistiera.

Pero no acababa de regresar a su habitación cuando se alarmó al escuchar pasos que subían por las escaleras del ático.

—¡Eh, Omri, despierta! ¡Sales en las noticias!

Era Gillon que aporreaba su puerta. Omri colocó un montón de cosas a toda velocidad encima del arcón y abrió la puerta unos centímetros.

—¿De qué estás hablando?

—Ha salido en la radio de mi despertador. Radio Londres. ¡Acaban de anunciar los ganadores del concurso de cuentos!

Omri se quedó sin habla. Había olvidado por completo que había ganado un premio.

—Me hubiera gustado oírlo —dijo finalmente.

—Qué mal, ya ha terminado —dijo Gillon volviendo a bajar por la escalera en pijama.

Después de eso, no hubo un momento de paz. Sus padres también habían oído el anuncio y llamaban a Omri para que bajara a tomar un desayuno especial de bacon y huevos para celebrarlo. Cuando terminó, era demasiado tarde para volver arriba porque el tren no le esperaba. Afortunadamente, le había dado la comida a la Matrona para que la repartiese y le diera a Boone una parte grande (por así decirlo) y especial.

Omri tenía que irse y dejar a Patrick donde (quiera que) estuviese.

No había ningún skinhead que pudiera molestarle en la Calle Hovel y Omri llegó al colegio bien aunque muy intranquilo. Estaba horriblemente preocupado por Patrick. ¿Qué diría su madre cuando no apareciera? ¿Y si corría algún terrible peligro, igual que él cuando había estado en el poblado indio, esperando con impaciencia que le trajeran de vuelta?

Metió sus libros y sus cosas en la taquilla y entró a la Asamblea. El señor Johnson, el director, estaba ya en el estrado, aclarándose la garganta para imponer silencio. Había más profesores de lo habitual. Cientos de niños estaban sentados en el suelo.

Omri entró sigilosamente y se sentó cerca de la puerta principal. Estiró el cuello intentando encontrar a Emma pero no la vio. ¿No había ido al colegio?. Estaba aún buscándola ansiosamente cuando el señor Johnson empezó a hablar; Omri no se enteró de lo que estaba diciendo hasta que, de repente, sorprendido, oyó su nombre.

Todo el mundo en el Auditorio volvió la cabeza para mirarle. Omri se incorporó en el asiento, alarmado.

—... muy orgulloso —concluyó el señor Johnson—. Omri, levántate y ven hacia acá.

Absolutamente perplejo, Omri se puso de pie.

—¿Yo?

—¡Sí, sí! —sonrió el señor Johnson. Todos los profesores que estaban en el estrado le sonreían y, cuando empezó a avanzar, todos aplaudieron.

Omri se vio ayudado a subir al estrado y, al darse la vuelta, descubrió que era el centro de cientos de miradas. ¿Qué era todo aquello? ¡Si hubiera escuchado…!

—Ahora, da la casualidad —dijo el señor Johnson en un tono amistoso muy poco frecuente—, que tengo aquí una copia del cuento de Omri, que tuvo que guardar la escuela cuando Omri participó en el concurso. Y he pensado que sería estupendo que Omri quisiera leernos su cuento ganador, en la Asamblea de esta mañana.

Omri se quedó con la boca abierta.

El señor Johnson le tendía un manuscrito escrito a máquina que reconocía muy bien. Lo había escrito él mismo "Sistema Hunt & Peck", en tres copias. Una la había enviado a Telecom para el concurso de cuentos, otra se la había quedado él y ésta había tenido que entregarla en la secretaría del colegio. En la parte superior estaba escrito a máquina el título: El Indio de Plástico.

Lo agarró con fuerza hasta arrugarlo, tragó saliva con fuerza y miró al señor Johnson implorante.

—¡Vamos, vamos, Omri. Déjate de falsa modestia! Telecom ha notificado a la escuela que has ganado el primer premio en el grupo de edad intermedia ¡Trescientas libras! ¿Qué os parece eso, chicos? Hubo un grito contenido de asombro y de envidia entre la multitud congregada abajo y Omri oyó murmullos que decían "¡Trescientas libras! ¡Uau! ¡Jo! ¡Millonario! y volvieron a aplaudirle.

—Ponte en el centro del escenario —dijo el señor Johnson, cogiendo a Omri por los hombros—. ¡Vamos! Todavía no he tenido ocasión de leerlo, así que voy a sentarme aquí para disfrutarlo. ¡Enhorabuena, Omri! ¡Vamos allá!

Omri titubeó unos momentos y luego pensó, ¡Eh, no está nada mal, soñé que esto sucedía! Empezó a leer.

La historia estaba basada en su primer encuentro con el Indio hacía un año, cuando descubrió por primera vez el armario y la magia de la llave. Era una gran historia y había hecho todo lo posible por escribirla bien. Al principio, cuando empezó a leerla, estaba nervioso y se le trababa la lengua, pero después de un párrafo o dos, cogió el ritmo y empezó a leer con sentimiento y expresión. Puso la voz brusca de Toro Pequeño e intentó imitar el acento tejano de Boone; cuando decía algo divertido, el auditorio estallaba en carcajadas. En los fragmentos más emocionantes, todo el mundo se quedaba esperando lo que venía después. La sensación era muy agradable, y cuando acabó la historia y volvieron a sonar los aplausos y algunos vítores, Omri sintió que era un gran momento en su vida, un momento que siempre recordaría.

Realmente se sentía muy contento consigo mismo –una sensación a la que no estaba acostumbrado en la escuela– cuando se dio cuenta, de repente, de que el señor Johnson estaba de pie detrás de él y se asomaba de una forma claramente siniestra.

Antes de que se extinguieran los aplausos, el señor Johnson se inclinó hacia adelante y susurró algo al oído de Omri que hizo que se le helara la sangre en las venas.

—Quiero verte en mi despacho inmediatamente.

Omri se dio la vuelta para mirarle. Se horrorizó al ver que había desaparecido toda la cordialidad de la cara del director y que se había puesto del color del papel mojado.

—Esa historia —continuó la lúgubre voz en un tono muy bajo y silbante para que sólo la oyera Omri—, se supone que era una invención. Tengo razones para creer que la mayoría de ella, por increíble que parezca, es cierta.

14. UN EXTRAÑO CIELO AMARILLO

El Doctor Brant volvió a poner el anticuado estetoscopio en su bolsa sin decir nada.

Patrick, espiando a través del volante de encaje de algodón que rodeaba la parte de arriba del vestido de Ruby Lou, vio a Boone acostado en la cama de Ruby sobre una colcha de patchwork de vivos colores.

Al menos, ya no yacía en la arena ardiente del desierto, aunque ya no estaba tan caliente cuando por fin le habían encontrado. Había empezado a anochecer y Patrick había temido que no le encontrarían nunca.

El caballo había resultado bastante inútil, pues enseguida se dieron cuenta de que no tenía ni idea de dónde había dejado a Boone. Pero Ruby Lou estaba firmemente decidida a encontrarle. Afortunadamente, uno de los muchos y variados talentos de Tickle era del rastreo amateur. Con su ayuda, consiguieron encontrar el sitio donde las huellas del caballo se unían con el camino principal hacia la ciudad. Esto había sido posible porque el caballo llevaba unas herraduras muy poco corrientes.

—Son como de tiempos pasados —señaló Tick.

Después de eso, sólo había sido cuestión de seguirlas y cuando las perdieron al llegar a un terreno duro, Patrick vio un cactus alto en el horizonte que se recortaba contra una magnífica puesta de sol en el desierto y lo reconoció al instante. Poco después, Ruby Lou y Tickle cargaban el cuerpo inconsciente de Boone en la parte de atrás de la carreta de Tickle.

—Debe haberse dado un golpe en la cabeza o algo así —chilló Tick—. Está más frío que las judías de la semana pasada.

El Doctor Brant no dijo nada de las judías de la semana pasada. Era un hombre de pocas palabras. Empaquetó su estetoscopio y se preparó para marcharse.

—¿Y bien, doctor? —preguntó ansiosa Ruby Lou.

El viejo sacudió la cabeza.

—No le encuentro nada malo. La cabeza está bien. No tiene fiebre. No le han pegado un tiro. No tiene más que una ligera magulladura en las costillas, tal vez de cuando se cayó del caballo. Parece como si el muy idiota no quisiera despertar.

—Dios perdone nuestros pecados, doctor... ¿No estará borracho? —preguntó Tickle piadosamente.

—Mira quién habla —murmuró Ruby.

El doctor negó con la cabeza.

—Su aliento no huele a alcohol. No me lo explico. Será mejor que le dejemos dormir.

Cuando se fue, Tick dijo que se iba a dar una vuelta por el saloon para acariciar las teclas un rato y tranquilizarse.

—¿Estarás bien sola, Ruby?

—No estoy sola —contestó inmediatamente dándose un golpecito en el pecho—. Pat y yo nos haremos compañía mutuamente y decidiremos qué hacer con Billy.

Tickle se puso de pie de repente estirando su metro de altura y recitó con una voz inesperadamente profunda y autoritaria:

—No creas todo lo que ven tus ojos. En este mundo hay muchas cosas que son obra del diablo. Yo lo sé, puesto que yo no estoy libre de pecado—. Y levantó los ojos hacia el cielo antes de cerrar la puerta.

—¿Has oído eso? Todavía le queda un poco de predicador, aunque no haya ejercido desde que la Banda de Ojo-Muerto le quemó la iglesia en el 81. Así fue como aprendió a rastrear, cuando intentó cogerles.

Mientras hablaba, Ruby Lou cogió a Patrick con el índice y el pulgar y le puso encima de una mesa.

Estaba cubierta con un rico –y desde el punto de vista de Patrick, colosal– surtido de objetos femeninos: un cepillo para el pelo de carey, elaborados frascos de perfume con atomizadores de pera de goma cubiertos con redecilla de seda, varias fotos de color sepia en marcos de plata muy recargados, un peine de marfil… Patrick podría haberse hundido y ahogado en los polvos perfumados que había en un bol de cristal tallado, y el espejo con el marco de esmalte brillante en el que sólo podía verse la cabeza era del tamaño de un rascacielos reflectante. Las horquillas de cobre esparcidas sobre de la mesa eran tan altas como él.

—Y ahora, Pat, háblame de ti —dijo Ruby Lou.

—¿Quién, yo? —dijo Patrick sorprendido.

—No me vengas con cuentos. Tú sabes qué le ocurrió a mi amigo Billy Boone ¿verdad? —no era una pregunta. Sus ojos azules habían formado una línea estrecha al mirarle aunque su amplia boca roja le sonreía con complicidad.

Patrick se sentó con las piernas cruzadas en una borla para polvos de plumón de cisne.

—Sí, lo sé. Perfectamente. Pero no me creerías si te lo contara.

—Inténtalo.

Patrick le dijo:

—Boone ha abandonado su cuerpo y se ha ido al futuro.

Hubo una pausa mientras ella lo asimilaba.

—Suponiendo que dijera que te creo, y de hecho debería hacerlo, porque una vez me contó un cuento como ese, ¿va a volver?

—Sí. Pero solo si mi amigo Omri gira la llave en… en el otro lado.

—En el futuro ¿no?. ¿Tú vienes de allí?

—Sí.

—¿De qué año? —preguntó como si con eso fuera a cogerle.

Patrick se lo dijo.

Ella se enderezó.

—¡Santo cielo! ¡Eso es casi dentro de cien años!

Paseó arriba y abajo por la habitación un ratito. Patrick la observaba. Iba vestida de una forma bastante ordinaria y suponía que de señora solo tenía el nombre, por decirlo de alguna manera, pero cuando estaba en la parte más alejada de la habitación y podía verla de cuerpo entero, era obvio que era muy guapa. También era lista, más lista que todos aquellos locos del bar que habían empezado a disparar y a pelearse en cuanto le habían visto.

Y era valiente, y fuerte. La manera en que había montado aquel caballo, la forma en que había conti-

nuado con la búsqueda, la forma en que había levantado el cuerpo de Boone para ponerlo en la parte de atrás de la carreta… Patrick la admiraba. Y a ella le gustaba Boone, le gustaba mucho. Patrick se preguntaba si a él le gustaría ella.

Dejó de andar.

—¿Cómo es el futuro?

—Está bien. Tenemos un montón de chismes y de cosas para hacer la vida más fácil. Nos desplazamos en coches, que son como carruajes sin caballos, muy rápidos y existen máquinas voladoras. Tenemos fotografías que se mueven y que ponemos en casa para divertirnos. Y los doctores han descubierto cómo curar muchas enfermedades, así que la gente vive más tiempo.

—¡Vaya! ¡Suena fantástico! ¿Algún inconveniente?

Era lista.

—Bueno, sí. En realidad hay demasiada gente. Arman mucho jaleo, y muchos son pobres y pasan hambre. Sigue habiendo crímenes. Y hay muchas guerras. No sólo con armas, y arcos y flechas y todo eso. Ahora hay armas, quiero decir, entonces quiero decir… bueno, da igual, son mucho más terribles, pueden hacer que el mundo entero explote.

Ruby Lou se acercó a el y se sentó. Puso el codo en la mesa que había cerca de Patrick (su brazo era como una gran columna de mármol blanco) y apoyó la barbilla en la mano. Fijó sus ojos azules en él.

—Eso sí que es un inconveniente. Creo que me quedaré aquí hasta que me llegue la hora… A veces es duro, pero por lo menos somos demasiado civilizados como para matar a más de uno o dos a la vez. Dime, no irán a disparar una de esas armas grandes mientras Billy esté allí, ¿verdad?

—No lo creo.

—Más vale que no hagan explotar a mi Billy —dijo. Y, por la forma en que lo dijo, Patrick comprendió que no sólo le gustaba Boone.

Patrick pasó la noche muy cómodo y calentito en el bolsillo de una chaqueta de piel de mapache de Ruby Lou, que colocó en una silla. Ella pasó la noche sentada en la cama vigilando a Boone.

—¿No te cansarás? —preguntó Patrick mientras Ruby Lou le acostaba después de darle una cena de unas cuantas hebras de carne poco hecha y una miga de patata que bajó con leche bebida en su dedal.

—No te preocupes por mí, amigo. Estoy acostumbrada a no dormir.

Bajó la lámpara de aceite para que no le molestara y la vio acercarse a la ventana. Corrió las cortinas de volantes.

—El cielo tiene un color raro —dijo mirando hacia afuera en la noche—. Tampoco me gusta cómo está el aire. Hay como tensión. Espero que no tengamos un vendaval.

Patrick durmió tranquilamente. Por la mañana le despertaron la piel de la chaqueta haciéndole cosquillas en la nariz y los ruidos de la ciudad: caballos relinchando, ruedas traqueteando, perros ladrando, gallos cantando, las voces de la gente… Pero por detrás, y alrededor de todo ello había algo extraño e inquietante. Una especie de soplido silbante.

Ruby estaba de pie donde la había visto por última vez, junto a la ventana. Patrick se sentó en la piel y estornudó.

—¡Ruby! —la llamó lo más alto que pudo.

Ella se volvió, se agachó y le levantó. Su mano era suave excepto por unos callos tan grandes como sandías que debían ser de montar a caballo. Olía dulce a jabón y estaba temblando.

—¿Cómo está Boone?

—Igual. Ven y mira al cielo.

Le llevó a la ventana. Patrick apoyó los brazos en su dedo doblado y miró hacia arriba. El cielo y también el aire, eran de un extraño color amarillento. Bajo la ventana veía gente gigantesca que andaba apresurada. El sonido que soplaba era el viento que venía en ráfagas irregulares. Chocaba contra los vestidos de las mujeres y los empujaba. Hacía volar el humo de las chimeneas en bocanadas repentinas, como si se tratara de señales de humo. Inquietaba a los caballos, tirando de sus crines, aplastando sus colas contra sus cuartos traseros y haciéndoles sacudir la cabeza nerviosos.

Mientras Patrick miraba, el enorme sombrero de un hombre voló de su cabeza y rodó por la sucia calle junto a varias bolas de cardos. El hombre corrió tras él. En alguna parte, una puerta golpeó rítmicamente cuando el viento empezó a soplar a ritmo constante.

—¿Qué es eso, Ruby? —preguntó Patrick en tono preocupado.

—No estoy segura, socio. Espero que no sea lo que podría ser.

—¿Qué?

—Un tornado.

Patrick se volvió a mirarla, pero lo único que pudo ver fue la parte de abajo de su barbilla. La boca se le quedó seca de repente.

—¿No... no querrás decir un ciclón? Una de esas cosas como embudos negros que...

Ruby Lou miró a Boone, echado en la cama. La noche anterior le había tapado con una manta. Parecía tranquilo y tenía buen color. Su sombrero, que Ruby había recogido cuando Patrick se lo había recordado, estaba a su lado.

—¿Sabes?, ¡eso sí que se podría escribir en un libro! —dijo con una repentina risa forzada.

—¿El qué?

—Nos preocupábamos por lo que le podría pasar allí. ¿Qué pasaría si tu amigo girara su llave mágica y enviara a Boone de vuelta aquí y la parte que dejó aquí acabara de salir volando?

15. INTERROGATORIO

El señor Johnson mantuvo la mano en el hombro de Omri durante todo el camino hasta su despacho, como si creyera que Omri iba a escabullirse y salir corriendo si no le tenía sujeto.

Y lo habría hecho si no hubiera estado medio paralizado –al menos mentalmente– de pánico.

¡Lo sabía! Esas eran las únicas palabras que tenía en la cabeza. ¿Qué iba a hacer cuando empezara el interrogatorio, cosa que iba a suceder en cualquier momento? Mentir, negarlo todo –de acuerdo– pero ¿y si...?

El señor Johnson le empujó en la puerta de su despacho, entró detrás de él y cerró la puerta con pestillo.

Luego se dirigió a su mesa. Pero no se sentó. Se inclinó hacia adelante, apoyó los nudillos sobre el escritorio y miró a Omri a los ojos hipnóticamente.

—Ahora, Omri —dijo con la voz clara y profunda que sólo empleaba en las ocasiones solemnes, cuando alguien había hecho algo que merecía la expulsión—. Ya sabes lo que tengo que decir.

Omri tragó saliva y se quedó mirándole como los conejos a los faros de un coche cuando se les viene encima.

—No has olvidado aquel día del año pasado —dijo—. Ni yo tampoco. El día que os mandaron a mi despacho a Patrick y a ti por hablar en clase. El día que me fui a casa pronto porque creía que estaba enfermo después de haber visto algo que no creía posible haber visto. Recuerdas todo eso ¿verdad, Omri?.

Omri advirtió que su cabeza asentía.

—Lo que yo creía haber visto —continuó el director lentamente—, eran dos personas diminutas vivas en la palma de la mano de un niño. Se movían. Una de ellas iba vestida como un Piel Roja

—No es correcto decir "Piel Roja", se oyó decir Omri con voz estrangulada.

El señor Johnson echó la cabeza hacia atrás

—¿Perdón?

—No les gusta —continuó Omri sin poder contenerse ni saber lo que estaba diciendo—. Debería decir "Indio Americano" o "Nativo Americano".

—¡Yo siempre he dicho "Piel Roja" y seguiré diciendo "Piel Roja"! —el señor Johnson había empezado a gritar—. Digo que vi un Piel Roja, diminuto, y otra persona más, y estaban vivos, y me pasé semanas tratando de convencerme a mí mismo de que no los había visto, que había estado trabajando demasiado, y al final, me autoconvencí. Casi. Hasta esta mañana. Cuando te oí leer tu cuento —siguió inclinándose hacia él cada vez más cerca y Omri dio un paso hacia atrás—. ¡Fue como un flash y supe…supe que, después de todo, no lo había imaginando! ¡Debí haber confiado más en la fuerza de mi mente, debí haber sabido que no soy un hombre que se imagine cosas! —su voz se apagó y dejó caer los hombros—. Tengo que confesar que, en cierto modo, es un alivio. Eso es lo que es. Un alivio —inspiró profundamente y se permitió sentarse.

Omri se quedó de pie frente al escritorio. Sus rodillas parecían de algodón y sentía frío en la cara.

—Ahora —dijo el señor Johnson más calmado—, empecemos desde un nuevo punto de partida. "Hay más cosas en el cielo y en la tierra, Horacio…"

—¿Quién? —dijo Omri con voz ronca.

—…como dijo Shakespeare. Vi lo que vi. Eran reales. Son reales. Esa es la verdad . ¿no es así, Omri?

Omri se quedó mudo. Cerró la boca a las mentiras y también a la verdad y se quedó allí de pie, en silencio.

El señor Johnson estaba pensando. Hacía un año, el día en cuestión, había intimidado a Patrick para que le enseñara a las personitas con una amenaza: llamar al padre de Patrick. Entonces había funcionado. Tal vez funcionara también ahora.

—Omri, si no me dices lo que quiero saber, tendré que pedir la colaboración de tus padres.

Los ojos de Omri se fueron hacia el teléfono. Su mente, antes entumecida, se puso a trabajar de repente a toda velocidad. No había cerrado la puerta de su habitación porque no se podía: sólo se cerraba desde dentro. El armario estaba allí. Boone estaba allí. La Matrona estaba allí y también un grupo de indios. Indefensos y solos… Por no mencionar a Patrick, en coma profundo dentro del arcón. Si el señor Johnson llamaba a su casa por teléfono, su madre, o su padre, contestarían y lo primero que harían sería ir arriba a su dormitorio… Si lo creían.

Pero no lo iban a creer. ¿Cómo iban a creerlo?

Miró al señor Johnson y vio que él pensaba lo mismo. El señor Johnson no era un hombre a quien le gustara parecer idiota.

—Adelante, llámeles —dijo Omri.

La trampa cambió de dirección. No era Omri el que había caído en ella. El señor Johnson repiqueteó con los dedos sobre el escritorio mirando el teléfono, ensayando la conversación para sus adentros… No. Primero tenía que hacer que el chico admitiera la verdad. Pero ¿cómo…?

Justo en ese preciso momento, intervino el destino. El teléfono al que miraban los dos, empezó a sonar.

Dieron un salto. El señor Johnson, recuperándose, contestó.

—¿Sí?. Soy el Director… —se quedó escuchando y se le cambió la cara. Sus ojos se quedaron fijos en Omri y levantó las cejas—. Sí. Sí, está aquí. Está conmigo ahora, precisamente… —cubrió el teléfono con la mano y dijo en tono grave—. Es tu madre.

—¿Qu… qué quiere?

El Director no contestó, le tendió el teléfono a Omri.

—¿Mamá?

—¿Omri? ¿Dónde está Patrick?

El corazón de Omri se hundió en el pecho aún más.

—¿Patrick…?

—Sí, cariño, ¿donde está? Su madre está aquí, frenética. Emma está con ella —su madre bajó la voz—. Está llorando. Al parecer, dijo a la madre de Patrick que se quedaba a pasar la noche con nosotros,

cosa que por supuesto no hizo. Venga, dímelo, ¿dónde está?

—No... no estoy seguro —tartamudeó Omri. Y no era una mentira precisamente.

Al otro lado del teléfono hubo un silencio. Luego:

—Omri, déjame hablar con el señor Johnson.

Sin decir nada, Omri volvió a pasarle el teléfono y escuchó lo que pudo aunque la sangre le latía en los oídos.

—¿Sí? Aquí Johnson... Sí... Ya veo... Sí, me acuerdo de Patrick muy bien —sus ojos se fruncieron de sospecha mientras miraba a Omri—. ¿Quiere que Omri vaya a casa? No, no hay ningún problema —dijo suavemente—. Yo mismo le llevaré.

—¡Oh, no! —gritó Omri sin poder evitarlo.

—Oh, sí —dijo el señor Johnson. Colgó el teléfono pausadamente y se puso de pie—. Vamos, niño, mi...¡ejem! Porsche está ahí fuera. Indícame el camino.

Omri le indicó el camino hacia su casa. ¿Qué otra cosa podía hacer? Su cerebro trabajaba a toda velocidad. La madre de Patrick, su propia madre, probablemente su padre y ahora el señor Johnson. Estarían allí todos, todos contra él, contra Emma, rompiendo su resistencia... Lo único que se le ocurría pensar como consolación era ¡Gracias a Dios envié a Toro Pequeño, a Estrellas Gemelas y al bebé de vuelta! Sus figuritas estaban aún en su bolsillo.

El señor Johnson aparcó su bonito Porsche nuevo, parte de una herencia según se rumoreaba, fuera de la casa bajo el viejo olmo que había muerto en la epidemia de la Enfermedad del Olmo Holandés hacía varios años, pero que aún no habían cortado. Era un árbol muy bueno para trepar y Omri se imaginó trepando a lo alto en un periquete. Si al menos pudiera estar allí, en la rama que daba justo encima de la claraboya de su dormitorio del ático, conseguiría entrar, cerrar con pestillo por dentro, meter a todas las personitas a salvo en el armario, traer a Patrick de vuelta y antes de que nadie pudiera llegar hasta allí por el camino normal...

¡Si al menos! ¡Si al menos! Pero la mano del señor Johnson estaba de nuevo sobre su hombro como una tenaza de acero, la puerta principal se abrió antes de que llegaran a ella y ahí estaban todos, esperando. ¡Esperando que Omri les diera una explicación!

16. PÁNICO

—Muy bien, Omri, ¿dónde has escondido a Patrick?

—¿Dónde está, cariño?

—¿Dónde está mi hijo? ¡Espera a que le ponga las manos encima!

Los ojos de Omri estaban fijos en la cara de Emma. Tenía un aspecto realmente patético. Cuando vio que la miraba, movió la cabeza ligeramente y él comprendió que quería decirle "No les he dicho nada". Pero le habían hecho pasar un rato muy malo y Omri se sentía mal por ello.

Las madres se miraron como si estuvieran a punto de saltar sobre él; su padre parecía simplemente desconcertado. Así que, naturalmente, se dirigió a su padre:

—Papá, ¿puedo hablar contigo a solas?

—En mi opinión, eso sería sumamente desaconsejable —dijo el señor Johnson.

Todos se volvieron a mirarle y Omri vio que la cara de su padre se ponía tensa. Se volvió hacia Omri.

—Vamos a la cocina.

—¿Puedo ir yo? —preguntó Emma en voz baja, como si pensara que volverían otra vez a meterse con ella en cuanto Omri desapareciera de su vista.

—Sí —dijo Omri—. Ven, Em —de verdad que lo sentía por ella. Parecía estar temblando y, cuando entraban en la cocina, se le cayó algo que repiqueteó en el suelo de baldosas.

Los dos se agacharon a la vez, pero Omri llegó antes. Lo que se le había caído era la figura de plástico de una chica vestida de rojo. Pensó por un momento que era la figura de Estrellas Gemelas, pero era una chica corriente. Antes de que pudiera devolvérsela, su padre se puso entre Emma y él, así que Omri se la metió en el bolsillo.

—Ahora, Omri, será mejor que me digas inmediatamente dónde está Patrick.

Cuando se fuerza el cerebro hasta el límite, siempre surge algo. Aunque sea lo peor posible, en este caso la verdad.

—Está en mi habitación, Papá.

—No, no está. —dijo su padre rápidamente—. Ya hemos mirado.

Omri cerró los ojos y esperó, pero no dijo nada más. Probablemente no hubieran visto nada o las personitas se habían quedado paralizadas. Volvió a abrir los ojos. Su padre le observaba expectante.

—Está escondido.

—¿Escondido? ¿Para qué? ¿Dónde?

Omri miró a Emma.

—En… en el arcón.

Su padre le miraba con incredulidad.

—¿Me estás tomando el pelo, Omri? ¡No puede haber estado ahí metido todo este tiempo!

—Yo… no lo sé. Estaba allí cuando me fui al colegio.

—Pero ¿por qué? ¿con qué propósito?

—El… el no quería irse a su casa. Aún.

Entonces su padre dijo la cosa más maravillosa.

—¡Bien! Será mejor que vayas arriba a buscarle.

El corazón de Omri dio un salto de alivio… Echó a correr hacia la puerta y Emma fué tras el.

—Creo que yo también iré —dijo su padre.

Omri y Emma se pararon en seco.

—No, Papá.

—¿No?

—No. Yo… iremos nosotros solos. —Omri se dio la vuelta y miró a su padre a los ojos fijamente—. Por favor.

El dudó.

—Todo esto es muy misterioso —dijo, en absoluto a la ligera—. Espero que no esté ocurriendo nada de lo que tengas que avergonzarte, Omri.

—¡No, papá!

—Muy bien. Id. Pero recuerda, estamos aquí abajo, esperando, todos nosotros, y si no estás abajo con Patrick rápidamente, iré ahí arriba a buscarte.

Salieron corriendo, pasaron por delante del grupo de adultos del recibidor y subieron los escalones de dos en dos todo el tiempo hasta el ático.

El principal temor de Omri ahora era que, después de veinticuatro horas, Patrick hubiera sufrido algún daño, dondequiera que estuviese. ¿Qué pasaría si cuando le trajeran de vuelta estaba herido o…? Pero era inútil andar con especulaciones. Lo principal era traerle de vuelta, pero primero, Omri tenía que esconder hasta la última evidencia de la magia.

En cuanto entraron en la habitación, cerraron la puerta con pestillo y se dirigieron al semillero.

—Devuélvemela.

Se dio la vuelta. Emma estaba de pie junto al armario.

—¿Qué?

—La meteré yo.

—¿Meter a quién? ¿De qué estás hablando? —jadeó Omri.

—Se acabó, ¿verdad?. Vas a enviarlos de vuelta a todos ahora y no volverás a hacer nada de esto nunca más porque los mayores están a punto de descubrirlo y es demasiado peligroso.

Omri la miró. La expresión de su cara le dejó helado. Era la prima de Patrick y ahora les encontraba un gran parecido, tenía la misma mirada que había visto en la cara de Patrick muchas veces, cuando decidía hacer algo peligroso.

—¿Qué es lo que pretendes? —preguntó ásperamente.

—Escogí esa chica. De mi colección. Voy a hacerla real y voy a quedármela para siempre.

Omri casi la aparta de su camino de un empujón.

—Estás loca —dijo bruscamente. Todavía estaba sin aliento por la carrera y el pánico contenido; su cerebro no funcionaba bien y no podía enfrentarse a esta nueva amenaza.

Se inclinó hacia la entrada del barracón.

—¡Matrona!

La Matrona salió. Llevaba la cofia doblada, y eso sólo ocurría cuando estaba verdaderamente nerviosa.

—¡Santo cielo! —gritó con la mano sobre su delgado pecho como para impedir que se le saliera el corazón—. ¡Yo pensaba que tú y Patrick érais gigantes, pero entraron en la habitación unas personas que eran aún más grandes que vosotros! Me parece que estaban buscando algo. Yo me escondí en el barracón en cuanto les vi y dije a mis pacientes que no hicieran ningún ruido. Afortunadamente, los gigantes sólo echaron un vistazo por encima y se marcharon. Pero, ¡oh, Dios mío!, ¡fue un momento horrible!

—Hizo lo correcto, Matrona. Ahora tengo que enviarla de vuelta.

—¡Pues vamos allá! Creo que puedo decir honradamente que dejo a todos mis pacientes en vías de recuperación. ¿Cómo les vas a enviar a ellos de vuelta, a los casos no ambulantes?

—No se preocupe, Ya he pensado en ello —cuando el arcón estuviera vacío, pondría todo el semillero, con el barracón y sus ocupantes, dentro; así no tendría que mover a los indios heridos de uno en uno. Pero pensó que sería mejor enviar de vuelta a la Matrona a través del armario por si acaso aparecía donde no debía.

La Matrona subió con cuidado a la mano de Omri y se arrodilló para mantener el equilibrio mientras él la subía por el aire hasta el armario. Le miraba atentamente.

—¿Niño mío?

—¿Sí?

—Pareces preocupado. ¿Me equivoco al pensar que ha sucedido algo que… cambia radicalmente la situación?

—No se equivoca, Matrona. Usted… me temo que no volveré a traerla nunca más.

Ella se bajó de su mano al armario. Se aclaró la garganta haciendo mucho ruido.

—Veo que no hay tiempo para largas despedidas.

Se estiró la falda del uniforme y comprobó sus bolsillos para asegurarse de que llevaba consigo todas sus pertenencias. Su mano fue instintivamente hacia su cofia y Omri creyó ver que se enjugaba los ojos a hurtadillas con el extremo de uno de los lazos flotantes que llevaba cosidos. Sabía que él también se habría sentido muy triste si no hubiera sido por sus desesperadas preocupaciones.

—Ha sido usted absolutamente maravillosa. La echaré de menos —dijo sinceramente.

—¡Oh, bah, bah y más… —pero se le ahogó la voz en la última palabra y extendió la mano para tocar la punta del dedo que Omri le había tendido.

—¡Más vale que te des prisa! —dijo Emma—. ¡Vamos, déjame hacerlo a mí! —y antes de que Omri supiera qué había pasado, ella cerró la puerta de golpe y giró la llave. Omri se quedó de pie, en silencio, con el corazón latiéndole muy deprisa, sintiendo la presión del tiempo, de los mayores que esperaban abajo, y se dio cuenta de que estaba posponiendo el momento de abrir el arcón.

Luego vio que Emma estaba allí de pie, apretando la llave en la mano.

—Ahora quiero mi chica de rojo —dijo.

—Ahora no vas a traer a la vida a nadie —respondió Omri—. No puedo dejar que lo hagas. Si no te das cuenta del motivo, entonces… entonces ojalá nunca te hubiera dejado entrar en esto.

La mirada dura de Emma, casi como la de Tamsin, se suavizó.

—Por favor, Omri. Dámela. De acuerdo, no haré nada. Sólo déjame tenerla.

Omri metió la mano en el bolsillo.

—Vale. Dame la llave.

Hubo un momento –un mal momento – en que pensó que iba a negarse. ¡Dios, era aterrador! ¡Las personas en las que más confiaba podían convertirse en extraños ante el deseo de tener una personita para ellos solos! Era peor que lo que hacían ante el oro. Si Emma podía asustarle tanto ¿qué pasaría si los mayores…?

De repente, un espantoso pensamiento se le vino a la cabeza y se quedó helado de horror.

¡El señor Johnson! ¡El señor Johnson lo sabía!. ¡Ahora estaba abajo y no había absolutamente nada que pudiera impedirle revelar el secreto! ¡Para eso había venido y eso era lo que iba a hacer!

Tan pronto como este pensamiento afloró, oyó algo.

Emma también lo oyó. Sus cabezas se volvieron hacia la puerta.

—¡Suben! ¡Todos! —dijo con voz ahogada.

—¡Oh, Dios! —susurró Omri cerrando los ojos de desesperación—. ¡Se lo ha dicho!

17. EL VENDAVAL

—¡Rápido! ¡Dame la llave!

Ahora no dudó. Le tendió la llave bruscamente arrebatándole la muñeca de la otra mano al mismo tiempo. Omri fue hacia el arcón a trompicones.

—Trae el semillero. Deprisa. —gritó cuando el sonido de los pasos en la escalera de abajo se hizo más fuerte. Oía sus voces quejumbrosas, preocupadas, la del señor Johnson era la más fuerte de todas, predominando sobre sus preguntas:

—No cabe la más mínima duda... fenómeno biológico... vi con mis propios ojos...

¡Espera, espera! No hay tiempo para hacerlo en dos veces —hazlo todo en una. Omri abrió el arcón, le quitó el semillero a Emma de las manos y lo puso en el fondo, justo a los pies de Patrick. Sentía a Emma a su espalda, inclinada sobre él muy cerca. Cerró la tapa de golpe. La mano le temblaba tanto –estaban casi en la puerta– que tuvo que hacer dos o tres intentos antes de conseguir meter la llave en la cerradura. Luego la giró.

Lo que ocurrió después fue algo que nunca consiguió recordar claramente, y que a pesar de todo jamás olvidaría.

El principal recuerdo, más tarde, era de un ruido tremendo, un rugido ensordecedor que llenó la habitación hasta estallar. Pero la presión del sonido no fue lo que lanzó a él y a Emma a través de la habitación y les estrelló de espaldas contra la pared.

El arcón... Siempre recordaría haber visto el final de su arcón. Simplemente subió por el aire mientras la tapa se abría y luego se desintegró. Se hizo pedazos. Uno de los trozos le dio en el estómago y le dejó sin respiración. Al mismo tiempo, algo grande y pesado salió lanzado y cayó al suelo golpeando a Emma en las piernas.

Luego Omri contempló, en unos pocos traumáticos e increíbles segundos, la destrucción total de su habitación.

Primero desapareció la claraboya de encima de su cama, aunque estaba demasiado aturdido para verla marchar. Luego el cristal estalló en un soplo de polvo brillante cuando la violenta fuerza que salió del arcón subió con un estruendo espantoso hacia arriba a través del agujero del tejado. Pero el agujero no era lo bastante grande como para canalizar aquella torre negra de fuerza pura que estalló desde el suelo hasta el techo de la pequeña habitación.

Los bordes del agujero cuadrado se doblaron hacia fuera como si fueran de plastilina durante un segundo y después –con un desgarrador, despedazador, chirriante sonido que pudo oírse claramente sobre el rugido primitivo– la caída del tejado desapareció.

Después de eso, todo lo que había en la habitación que podía moverse –la ropa de la cama, la mesa japonesa, los cojines del suelo, los libros, las colecciones de

Omri, la radio-reloj y medio centenar de otros objetos, empezaron a girar en una cegadora y terrorífica décima de segundo hacia el cielo como si hubiera sido succionado por una inhalación celestial.

Eso fue. Eso fue lo que ocurrió, dentro de la habitación. Pero el ruido no cesó, solo salió de la casa. Lo siguieron oyendo fuera. Un viento terrible, la más feroz y destructiva ráfaga de viento que había habido en Inglaterra en doscientos años, empezaba su carrera. Una carrera que sería noticia en todo el mundo.

El primero de varios millones de árboles cuyo destino era ser arrancados fue el viejo olmo de la casa de Omri que debía haber caído hacía años y que ahora lo hizo, con un estrépito demoledor, justo encima del Porsche nuevo del señor Johnson.

El viento siguió avanzando a gran velocidad por la calle Hovel, llevándose tejados, tirando árboles y destrozando el lugar de reunión de los skinheads. Un ciclón de Texas, que los meteorólogos no habían pronosticado y no pudieron explicar nunca, iba camino de provocar una catástrofe sin precedentes en el Sudeste de Inglaterra.

Omri y Emma se encontraron tumbados en el suelo a punto de quedarse inconscientes. Omri apretaba la cosa que le había golpeado, algo afilado que se le clavaba en las manos. Emma también apretaba algo. Lo que apretaba ella era Patrick.

El único que no parecía desconcertado ni herido. Cuando el ruido ensordecedor empezó a perderse en la distancia, se sentó, se pasó las manos por la cara y la cabeza y dijo:

—¡Caray! ¡Justo a tiempo!

Los otros dos se quedaron mirándole con ojos vidriosos. Se levantó, se sacudió, se dio la vuelta...y se detuvo.

—¡Recórcholis! —musitó, mirando a su alrededor el armazón de la habitación de Omri.

Miró hacia arriba al cielo abierto, un cielo furioso lleno aún de hojas que daban vueltas y de extraños fragmentos de objetos. La silueta de las vigas rotas del tejado sobresalía por el agujero. Era como mirar a través de la boca abierta de un tiburón gigantesco.

—¿Sabéis? —dijo lentamente—. Creo que me he traído el tornado conmigo.

—¿Tornado...? —a Omri le salió la voz pastosa y se dio cuenta de que tenía la garganta atascada por el polvo que llenaba el aire.

—Sí. Un ciclón... Lo vi cuando avanzaba por la calle, dando vueltas como un embudo negro, lanzando objetos gigantescos por el aire... estaba a punto de alcanzarnos cuando...

Se llevó la mano a la boca. Se dio la vuelta lentamente hacia donde estaban Omri y Emma.

—¿Dónde está Boone? —preguntó con voz ahogada—. ¿Dónde está Ruby Lou?

¡Boone!

Omri, con el pánico de enviar a la Matrona y a los Indios de vuelta, se había olvidado de Boone completamente.

Tenía el cerebro embotado. ¡Boone! Boone estaba aquí. ¿Dónde? ¿Dónde le había puesto? ¿Estaba en el semillero?. No. Estaba en la casa de Lego, en su cama de la caja de cerillas. Omri le puso en alguna parte, como él le pidió… en alguna parte… fuera de la vista. Y ojos que no ven, corazón que no siente.

Omri intentó ponerse de pie. Era horrible. Le dolía todo y su cuerpo protestaba cuando se movía. Puso la mano en el suelo y dejó caer la cosa afilada que le había golpeado, los últimos restos de su arcón de marino —una esquina de la tapa con una placa de latón ovalada que ponía "L. Buller".

Cuando cayó al suelo, le pareció oír algo más, pero antes de que pudiera detectar el sonido, le ahogaron unos golpes en la puerta y voces aterrorizadas.

—¡Omri! ¡Emma! ¡Patrick! ¿Estáis bien? ¿Qué ha sido eso? ¿Qué ha pasado?

Los tres se quedaron paralizados mirándose. Emma fue la primera en reaccionar. Se puso de pie, rígida, y fue hacia la puerta.

—¡Estamos bien! Patrick está aquí, estamos aquí todos, el tejado ha salido volando pero estamos bien y…

—¡¿Bien?! —chilló la madre de Omri —¡No puede ser! ¡Abre la puerta!

—No puedo —dijo Emma—. Se ha doblado el pestillo.

Los ojos de Omri se fijaron en el pestillo. No le había ocurrido nada. Genial, pensó con admiración. Esta chica es genial. Esto nos da unos minutos más.

—¡Omri! —llamó su padre con voz aterrorizada—. ¿Qué ha sido eso? ¿Qué ha sido ese ruido horrible? La casa ha temblado… como si hubiera un terremoto…

—¡Creo… creo que es una especie de extraño viento, Papá! —consiguió decir Omri con voz ronca—.

¿Habéis oído caer el árbol? Ya no está, ¡ya no veo las ramas de la parte de arriba!

Se oyó al señor Johnson dar un grito de angustia.

—¿Árbol? ¿Caído? ¡Dios Santo! ¡Mi Porsche! —y le oyeron bajar las escaleras a toda velocidad.

—¡Patrick! ¡Di algo, dime algo! —gritó la madre de Patrick histérica.

—Estoy aquí, Mamá, tranquilízate —dijo Patrick bruscamente. Tenía la cara muy pálida.

—Escucha, papá —dijo Omri rápidamente—. Estamos bien, voy a quitar el pestillo de la puerta, vosotros id a ver los daños. Nosotros bajaremos en cuanto podamos abrir la puerta.

—Bien. —dijo su padre—. Tiene razón. Vamos, bajemos. El maldito techo ha volado... mi invernadero debe haberse derrumbado... —se llevó a las madres escaleras abajo, la de Patrick aún haciendo aspavientos frenética.

Se hizo el silencio. Era casi demasiado alivio para soportarlo después del terrorífico estruendo de los últimos e interminables minutos. Los tres se quedaron quietos, intentando asumir la situación. Y en aquel repentino y grato periodo de calma, oyeron por fin algo que debía llevar sonando algún tiempo.

—¡Socorro! ¡SOCORRO! ¡SOCO-O-O-ORRO!

La voz, muy débil, parecía provenir de encima de sus cabezas. Estiraron el cuello.

—¡No me lo creo! ¡Mirad ahí! —gritó Omri señalando arriba.

Atravesado por una de las vigas rotas del tejado había un objeto conocido. Ya no estaba el espejo, la puerta colgaba de una de sus bisagras y la mayor parte de la pintura blanca que le quedaba se había estropeado. Pero ahí estaba, aún allí, lo que quedaba de él.

¡El armario!

Y eso no era todo. Colgando peligrosamente del borde inferior agarrado con las dos manos, dando patadas con sus botas con espuelas a una inmensidad de aire vacío, estaba Boone.

18. RASO ROJO

—¡Socorro! ¡Bajadme de aquí! ¡Salvadme! ¡Me caigo! ¡S-O-C-O-R-R-O!

—¿Cómo ha...? ¡No importa! ¡Rápido, tenemos que hacer algo!

—¡Aguanta, Boone! ¡Ya vamos!

—¿Cómo? —chilló— ¡No tengo alas! ¡Y no podré sujetarme mucho más tiempo! ¡Es inútil! —su voz bajó hasta convertirse en un desesperado canto fúnebre—. No os molestéis, chicos... es demasiado tarde para salvarme... Estoy sentenciado. Acepto mi destino. Lo único que desearía es no haber llevado una vida tan desastrosa, endemoniada, con tanta bebida y tanto póker...

Una vez más, Emma fue la primera en reaccionar con sensatez; los chicos andaban corriendo en círculos bajo el armario colgante, tropezándose y chocando en su desesperada búsqueda de algo a lo que subirse. Emma se quitó el anorak y puso una manga en las manos de Omri y la otra en las de Patrick. Luego agarró la parte de abajo y tensándolo como si fuera la lona de los bomberos, gritó:

—¡Suéltate! ¡Te cogeremos!

Boone se soltó y cayó lo que debieron parecerle cuatrocientos metros, gritando sin parar.

—¡Aaaaaaaaaaaaaaaayyyyyyyyoooooooouuuuuu!

Cayó sobre el acolchado haciendo un "¡Paf!" muy flojo y se quedó tumbado, aturdido momentáneamente. Emma y los chicos posaron el anorak en el suelo con mucho cuidado.

—¿Boone? ¿Estás bien? —preguntó Patrick muy preocupado.

Un momento después, Boone se sentó lentamente.

—Eso era lo que me hacía falta —dijo amargamente, haciendo gestos de dolor mientras se tocaba por todas partes—. ¡Como si no hubiera sido bastante perder mi sombrero, resulta que mi mejor amigo me estruja hasta casi matarme —dirigió a Patrick una mirada asesina—, me hace volar hasta las Puertas del Paraíso y en vez de aparecer sobre una blanda nubecilla rosa, me encuentro colgado del espacio, desgañitándome vivo sin que ni un alma se dé ni la más mínima cuenta hasta que era casi Demasiado Tarde! —se enjugó una lágrima. Miró a su alrededor con el ceño fruncido y cambió el tono de voz—. ¡Oye, por cierto, ¿qué ha pasado aquí?! Seguramente la dinamita de alguna voladura no ha funcionado bien.

—Ha sido un ciclón de tu ciudad, de tu tiempo, Boone. Llegó aquí conmigo, con la magia —explicó Patrick.

Boone se quedó horrorizado.

—¡Oye, espero que no haya derrumbado el saloon!

—Si el ciclón vino aquí, no pudo estar allí al mismo tiempo, así que me imagino que tu ciudad está a salvo. Y, por cierto, tu sombrero también.

La actitud de Boone cambió totalmente. Se puso de pie de un salto muy excitado.

—¿Encontraste mi sombrero? ¡Cómo lo he echado de menos!

—Está perfectamente, Boone. Está aquí de vuelta, esperándote. Ruby Lou se encargó de recogerlo, sabe que le tienes mucho cariño.

Boone se quedó mirándole.

—¿Tú… tú has visto a Ruby Lou?

Patrick asintió con la cabeza. Los ojos de Boone empezaron a brillar.

—¡No me digas! ¿No te parece una gran chica?

—Sí, lo es.

—No es de esas remilgadas y estiradas, es una mujer de verdad, y bonita como una pintura, además —suspiró con nostalgia—, ¡ojalá estuviera aquí!. ¿Sabes? —confesó—. Cuando estoy con Ruby, no me siento triste por nada y sólo lloro porque a ella le gusta que le cuente historias tristes. Y no necesito beber. Esa pequeña Ruby es tan buena como el licor para un hombre. Mejor.

—¡Eso es lo más bonito que me ha dicho un hombre en toda mi vida, Billy Boone!

El sonido de aquella vocecita fue tan sumamente inesperado que todos se miraron con los ojos desorbitados antes de volverse hacia ella.

Se quedaron mirando sin dar crédito a sus ojos. De pie, en el borde del trozo de la tapa del arcón que Omri había dejado caer, había alguien diminuto con un vestido de raso rojo y botas rojas muy brillantes, con el pelo rubio recogido y las manos apoyadas en las caderas.

Patrick dio un grito de alegría:

—¡RUBY! ¿Qué haces aquí?

—¡Yo qué sé! Pero ahora las cosas están al revés, ¿eh, Pat? Ahora el grande eres tú, aunque no me importa mientras Billy sea de mi tamaño. ¿Quien va a llevarme hasta él para que pueda darme un abrazo?

Los chicos se lanzaron hacia ella pero Emma llegó antes. Cogió la diminuta figura de Ruby Lou en su mano maravillada y se quedó mirándola. Luego miró a Omri con la cara resplandeciente.

—¡Es mía! ¡Es mi chica de rojo! ¡La escondí en el semillero antes de que lo metieras en el arcón! ¿No es… sencillamente… preciosa?

—¡Sí que lo es! —dijo Boone con adoración mientras Emma la colocaba con mucho cuidado sobre el anorak a su lado y se abrazaban.

La extraña tormenta fue un desastre absoluto para casi todos. Pero para Omri, Patrick y Emma, y para las personitas, fue una bendición del cielo. En cierta forma.

Los estragos que provocó en casa de Omri y en el vecindario fueron tan extensos que lo que había ocurrido inmediatamente antes desapareció de las mentes de los mayores.

Para empezar, el precioso coche del señor Johnson fue declarado siniestro total. Para empeorar las cosas –o mejorarlas– cuando estaba saltando de acá para allá junto a él, despotricando y denostando por su destrucción, una rama de tamaño considerable del olmo muerto se desprendió y le cayó en la cabeza. Después de aquello, por supuesto, aunque se recuperó, nadie estaba dispuesto a creer ninguna historia que pudiera contar acerca de hombrecitos diminutos. (A propósito, la compañía de seguros se negó a pagar el Porsche porque sólo estaba asegurado a terceros. Tendría que ir a la escuela en bicicleta, como un hombre triste y humilde).

En cuanto a los padres de Omri y de Patrick, nunca creyeron realmente lo que el señor Johnson trató de decirles justo antes de que subieran la escalera a toda velocidad. Y después, simplemente lo olvidaron. El invernadero había volado en pedazos, el árbol bloqueaba la calle, la chimenea cayó atravesando el tejado de la casa de al lado: parecía como si… bueno, como si hubiera pasado un ciclón. No tuvieron tiempo de pensar en nada más una vez que comprobaron que sus niños estaban bien de verdad.

La tormenta dañó seriamente la escuela que estuvo cerrada varias semanas. Naturalmente esto causó a todos los que deberían haber estado allí aprendiendo un profundo disgusto. Pero intentaron poner al mal tiempo buena cara.

La casa de Patrick en Kent estaba bien, pero el huerto de árboles frutales de su madre (se dedicaba a hacer sidra para ganarse la vida desde que se había divorciado) estaba destrozado. Los problemas que le causó supusieron que estuviera encantada de poder dejar a Patrick en Londres un tiempo, mientras ella se ocupaba de resolverlos. Nunca le preguntó donde había estado aquellas veinticuatro horas que había estado desaparecido.

Así que todo eran ventajas, al menos desde el punto de vista del secreto.

Entre los inconvenientes estaban las condiciones en que se encontraba la casa de Omri, el disgusto de sus padres, y otra cosa que era más importante para él y los otros dos –por no mencionar a Boone y a Ruby– que ninguna otra.

En cuanto pudo, Omri cogió una escalera y desenganchó el armario empalado por detrás en la viga del tejado rota. Cogió un martillo y alisó los trozos de metal doblados hasta que volvieron a estar en su sitio y el agujero quedó casi tapado. Midió el espacio del espejo, salió a comprar otro y lo colocó en su sitio. Volvió a poner las bisagras, lo frotó todo con papel de lija y le dio una mano de pintura. Después de todo eso tenía mejor aspecto que nunca.

Pero durante todo el tiempo que estuvo trabajando en él, se sintió muy triste, y Patrick y Emma –cuando podían ir a verle– le hablaban muy poco. Todos sabían demasiado bien lo que pensaban los demás.

En lo que Omri estaba trabajando tan fervientemente, tan diligentemente, no era más que un recuerdo, una pieza de museo. El armario no tenía ninguna utilidad sin la llave.

Y la llave había desaparecido.

Emma se había hecho cargo de Ruby Lou y, como Ruby Lou no quería separarse de él, Boone se quedó con Patrick, que estaba viviendo en casa de Emma con su tía. Omri se opuso totalmente pero no pudo decir nada: ya habían comprobado que las personitas no estaban a salvo en su casa. Pero vivía aterrorizado ante la idea de que Tamsin, o cualquier otra persona, les descubriera.

Omri tenía que compartir la habitación de Gillon. Por eso, en cierta forma, se alegraba de no tener que responsabilizarse de las personitas. Pero sentía un terror frío en el corazón cada vez que se despertaba, aunque Emma y Patrick le aseguraban que estaban tomando todas las precauciones posibles.

Para Omri era evidente que, a pesar del peligro o quizá por él, los otros dos estaban viviendo la mayor aventura de su vida. Ruby y Boone estaban alojados en una vieja casa de muñecas de Emma que, aunque no era lo suficientemente pequeña para ellos (Tenían que trepar por las escaleras y bajarlas de espaldas) tenía muchas cosas que podían utilizar : mesas, sillas, camas y utensilios de cocina en abundancia.

Lo que no tenía la casa de muñecas, se lo proporcionaban Patrick y Emma. Patrick les había puesto una pequeña cocina de leña (con su chimenea y todo) hecha con una lata de té que tenía un agujero en la parte de arriba del tamaño ideal para una sartén diminuta, y con ella Ruby Lou podía cocinar algunas cosas. También tenían un water especial, como los de camping, que instaló Emma y todos los días les llevaba agua caliente para que se bañaran, y toallas diminutas (Boone se aficionó a lavarse). Todos los días tenían que hacer y añadir cosas nuevas. Instalaron hasta luz eléctrica que fue una maravillosa novedad para Boone y Ruby, aunque el interruptor estaba demasiado duro para que ellos solos pudieran hacerlo funcionar y preferían una lámpara de aceite en miniatura pero de verdad, dos veces más alta que ellos.

Todo era estupendo, para todos menos para Omri. Se sentía muy solo y desplazado. Cuando iba a a visitarles y les veía se ponía aún más triste. Echaba mucho de menos a Toro Pequeño y a Estrellas Gemelas.

Hasta a la Matrona… Pero era inútil. Nunca volverían. Esto le entristecía muchísimo. Y le asustaba mucho pensar en Boone y Ruby, que se iban a quedar con ellos para siempre, incapaces de volver a su casa y en constante peligro de ser descubiertos.

Un día, dos semanas después de la tormenta, Patrick y Emma fueron a casa de Omri.

—Boone y Ruby nos han pedido que les traigamos —explicó Emma—. Quieren hablar sobre el futuro.

La reunión tuvo lugar en la habitación de Gillon que, aunque no estaba, era para destrozar los nervios a cualquiera. Podía entrar en cualquier momento; en su puerta no había pestillo. Además, ya habían llegado los que iban a arreglar el tejado y estaban dando golpes y haciendo ruido, tirando las tejas al jardín delantero donde se estrellaban contra el tocón del árbol, y empezando a retirar las vigas rotas antes de colocar un tejado nuevo. Cada pocos segundos algo pasaba volando por delante de la ventana y aterrizaba estrepitosamente abajo. Esto quería decir que no oirían a Gillon si se acercaba.

Omri cerró la ventana y las cortinas aunque era pleno día para amortiguar un poco el ruido. Luego encendió la lámpara del escritorio de Gillon y se sentaron alrededor de Ruby Lou y de Boone que se habían sentado en un puf hecho con una goma de borrar grande.

—Escuchad, amigos —empezó Ruby cuando se inclinaron hacia ella para escucharla—. No quiero herir vuestros sentimientos en absoluto, quiero decir que vosotros nos habéis hecho sentir realmente bien dándonos esa casa especial y todo lo demás, pero no podemos quedarnos aquí. No es seguro. Cada vez que se abre una puerta me da un ataque al corazón y, además, sigo teniendo pesadillas sobre esas cosas enormes que pueden hacer desaparecer a todo el mundo de las que me habló Pat. El caso es que queremos volver a casa, pero Billy, aquí, me lo ha explicado todo, que la llave ha desaparecido y eso sí que son malas noticias. ¿Qué vamos a hacer?

Nadie sabía qué contestar. Se quedaron callados.

Como siempre cuando la situación era verdaderamente desesperada, Boone tenía los ojos secos y se mostraba firme como una roca.

—¿No podríamos probar con alguna otra llave?

Omri dijo:

—Ya lo he hecho.

Los otros le miraron.

—En el armario. He probado todas las llaves de la casa, solo por si acaso, pero ninguna vale, ni siquiera encajan en la cerradura.

—Pues sí que es una pena, con lo bonito y nuevo que parece el armario. Me dan ganas de saltar dentro. —dijo Boone con tristeza. Ruby le puso un brazo alrededor de los hombros.

—No empieces ahora, Billy, ¡O yo también me pondré a berrear!

—No estoy berreando —dijo Boone—. Pero tengo unas ganas terribles de volver a casa. Cualquier hombre lloraría al pensar que no va a volver a cabalgar por las praderas o por el desierto… ni podrá ponerse su sombrero favorito encima de las orejas… —esto le provocó un enorme suspiro—. Y otra cosa. ¿Cómo vamos a casarnos yo y Ruby si no podemos conseguir un predicador? ¡No está bien eso de que vivamos juntos en una casa, aunque estemos en habitaciones distintas, sin que el vínculo esté atado!

Ruby le miró con una cara que sugería que a ella eso no le preocuba mucho, pero miró a Emma y no dijo nada.

—Me parece —dijo Emma—, que lo que tenemos que hacer es seguir probando llaves. Llaves viejas. Seguir intentándolo y probando hasta que encontremos una que funcione.

Volvieron a quedarse callados. Ninguno de ellos creía que aquello fuera a suceder. Este asunto era algo excepcional y todos lo sabían.

—Y mientras tanto, ¿qué? —dijo Boone.

—Quedaros como estáis... me temo —dijo Omri con un profundo suspiro de desesperación.

Comieron algo y Omri, que había preparado un té especial, intentó que se convirtiera en una especie de fiesta, pero fue inútil. Estaban todos demasiado disgustados y preocupados por el futuro para divertirse. Al final, Emma puso a Ruby en su bolsillo y Boone, con algo de ayuda, trepó a su sitio favorito con una pierna a cada lado de la oreja de Patrick mirando hacia afuera y bien tapado con el pelo. Decía que era lo más parecido a montar a caballo.

Omri fue con ellos hasta la puerta del jardín.

Los que reparaban el tejado se habían ido a sus casas dejando el jardín delantero espantosamente revuelto. Había tejas rotas y trozos de madera por todas partes. El césped y el seto que separaba el jardín de la calle Hovel estaba cortado completamente y cubierto de basura.

—Papá va a ponerse hecho una furia cuando vea esto —dijo Omri. Luego se quedó paralizado.

Había visto algo. Algo que en el primer segundo no comprendió, porque no encajaba allí. Ese color tan vivo no... Se detuvo para mirarlo más de cerca. Los demás iban delante de él, y empezaban a bajar la calle hacia la estación. Omri acercó la mano a la parte superior del seto.

Entonces vio de qué se trataba.

No gritó, ni saltó y vitoreó. Era demasiado importante para eso. Se quedó allí parado con la mano levantada, tocándolo, sin llegar a cogerlo, solo sintiendo en su más profundo interior lo que significaba.

Aquel trozo de lazo de raso rojo que sobresalía entre las ramitas.

19. EPÍLOGO EN UNA BODA

Fue una celebración maravillosa, inolvidable. Vinieron todos.

La Matrona –tuvieron que volver a enviarla momentáneamente cuando le explicaron para qué la habían traído, para que se cambiara el uniforme (¡No es ni remotamente adecuado!)–Volvió a aparecer con un elegante traje azul marino, una camisa blanca como la nieve con montones de volantes en la pechera, y un extraño sombrerito que parecía un tiesto torcido con un velo de lunares. ¡Hasta se había pintado un poco los labios!

Fickits apareció con sus galones de sargento, que la nueva seguridad en sí mismo después de la Batalla de los Skinheads, había conseguido que se ganara casi nada más volver a su compañía. Cuando se enteró de la celebración quiso volver para reclutar una Guardia de Honor de la Marina Real, pero Boone le disuadió diciendo modestamente que quería una celebración tranquila: "Solo con mis mejores amigos".

Pero, por supuesto, entre sus mejores amigos estaba su hermano de sangre, Toro Pequeño, y su familia.

Toro Pequeño llegó en traje de ceremonia: el adorno de plumas en la cabeza, la capa y sus mejores galas.

Las llevaba puestas para celebrar una victoria, no la victoria final, claro, pero una victoria al fin y al cabo.

En las dos semanas que habían transcurrido desde que había vuelto a su poblado, habían sucedido muchas cosas que les contó durante la fiesta de la boda. Los Algonquines, que habían vuelto a agruparse después de la batalla anterior (de la que Omri había sido testigo) habían organizado otro ataque pero les habían vencido.

—¿Cómo lo conseguiste, Toro Pequeño? Perdiste muchísimos hombres la vez anterior.

—Jefe sabio no solo aprender de victoria. Derrota también enseñar —dijo Toro Pequeño virtuosamente pero de manera vaga.

—Es raro que cuando tenías las armas-ahora no les ganaras y sin ellas sí.

—Mejor usar armas Indias como Omri decir —el tono de Toro Pequeño era decididamente evasivo. Omri no quería presionarle pero Boone, inesperadamente, sí.

—Usando sólo arcos y flechas, les diste una paliza, ¿eh, Piel Roja? —preguntó.

Toro Pequeño inclinó la cabeza.

—¿Ah, sí? ¿Entonces no utilizaste mi revólver de seis tiros, el que me robaste, no?

La cabeza de Toro Pequeño se alzó bruscamente. Sus ojos se convirtieron en rendijas amenazadoras.

—¡Toro Pequeño no robar arma hermano blanco!

—¡Sí lo hiciste porque yo tenía los ojos un poco abiertos y te vi hacerlo. Una de las veces que viniste a verme cuando yo estaba ahí tumbado, indefenso —siguió Boone mientras Toro Pequeño se iba sintiendo cada vez más incómodo.

—¡Toro Pequeño! —exclamó Omri sorprendido—. ¡No es posible!

—¡No robar! —gritó Toro Pequeño —¡Coger, pero no robar! ¡Toma, devuelvo arma! —sacó el revólver de debajo de su capa y lo puso con fuerza en la mano de Boone.

—Muy bien por ti… Ahora que ya no me sirve para nada porque no le quedan balas. ¿Dónde están las balas, Indio hermano?

La anterior turbación de Toro Pequeño se había evaporado. Respondió con mucho orgullo:

—¡Una bala, un enemigo! —fanfarroneó.

—¿Qué? ¿Te cargaste a seis? —alzó una mano con el pulgar levantado—. Eso es tener puntería para ser un novato —guardó el revólver en su funda—. Bueno, tengo que reconocer que la presté para una buena causa. Y tú tendrás que volver a los viejos hábitos la próxima vez.

Toro Pequeño frunció el ceño.

—Difícil volver a viejos hábitos después de nuevos hábitos —murmuró.

Estrellas Gemelas con Oso Grande atado a la espalda, llevaba también un vestido muy bonito con un bordado muy recargado. Hacía la competencia a la novia, hasta que Ruby Lou pensó un modo de vestirse mejor.

Hizo que Emma comprara una caja de figuras que tuviera una novia de plástico. A Emma la idea no le hizo muy feliz.

—¿Y qué vas a hacer cuando la traiga a la vida? ¿Quitarle el vestido y dejarla ahí en paños menores?

—No, ¡claro que no! Comprárselo.

—¿Comprárselo? ¿Con qué?

—¡Con esto! —dijo sacando una bolsita diminuta con una cinta y haciéndola sonar en su palma.

A Emma se le salían los ojos de las órbitas

—Eso no será oro ¿verdad?

—¡Claro que sí! —abrió un poco la bolsa y algo brilló en su mano diminuta—. Creo que unos cuantos dólares de oro podrán pagar un vestido de novia. ¡Espero que me guste cuando sea de verdad!

Y así se hizo. Ruby fue al armario cuando la novia vino a la vida y salió triunfante con el vestido, una cosa preciosa de seda blanca y mil volantes pequeñísimos de encaje en el brazo.

—¡No me digas que estaba al pie del altar cuando la trajimos! —dijo Emma.

—¡No! Sólo se lo estaba probando. Me dijo que, además, no le gustaba mucho esa maldita cosa. Que la hacía gorda.

—¡No todas tienen una figura como tú, Ruby! —dijo Boone muy orgulloso.

El predicador no podía ser más que Tickle. Traerle no fue tarea fácil. Hicieron varios intentos fallidos. Primero trajeron al párroco de las figuritas de boda de Emma pero, por supuesto, no era Tickle, era solo un párroco, un joven pálido que echó una mirada por la puerta del armario, rezó una angustiada oración y se desmayó.

Por eso, al final, fueron con Ruby a la tienda de figuritas y miraron todas las que había hasta que encontraron una escena de un saloon del Oeste con un hombrecito al piano.

—¡Es él!. —dijo Ruby.

Y era. Así que se llevaron también el piano.

Al principio, Tickle estaba aterrorizado. Insistía en que todo era obra del diablo y se negaba a creer que pudiera estar ocurriendo de verdad. Pero Ruby y Boone le llevaron aparte y le convencieron de que formaba parte del Gran Designio y que lo que sería realmente pecaminoso era dejar a Ruby y a Boone sin casarse. Después de unos cuantos tragos de una petaca de bolsillo que llevaba por casualidad, permitió que le condujeran hacia su piano y después de practicar unos cuantos himnos (que no tocaba desde que la Banda de Ojo-Muerto le quemó la iglesia) fue adquiriendo gradualmente un aire devoto y accedió a hacer su parte.

—No es que tenga mucho de predicador —confió Boone a Patrick, dándose unos golpecitos en la sien—. Fue cuesta abajo muy deprisa después de que le quemaran la iglesia… el licor, ya sabes. No todo el mundo tiene cabeza para ello, como yo. Pero todavía sabe lo que está bien.

—Deberías ayudar a reconstruir la iglesia, Boone —apuntó Emma.

—¿Quién, yo? —exclamó Boone, pero Ruby le dio un codazo y él dijo—. Ah… sí. Buena idea. Tal vez.

La boda se celebró en la habitación de Omri. Estaba bastante oscura porque el agujero del techo todavía estaba cubierto con una lona grande que habían puesto los obreros; y no había ningún mueble excepto la litera de obra. Pero colocaron una sábana en el suelo, encendieron unas velas formando un círculo y lo colocaron todo a su gusto. Había un altar muy pequeñito hecho con una pieza de mosaico, con una sola margarita encima y una ventana de vidriera hecha con trozos de papel de colores y una vela que alumbraba a

través de ella. Y, por supuesto, un banquete que incluía un pastel de boda en miniatura que Emma había encontrado en una pastelería bastante buena. Era tan grande como una mesa para la novia y el novio, pero Toro Pequeño ayudó a cortarlo con su cuchillo. Tomaron un montón de patatas fritas muy trituradas y grageas de chocolate en platos que hicieron con un collar de conchitas de Emma. Para brindar sirvieron 7-Up.

El armario estaba cerca, un poco hacia un lado. Su puerta estaba abierta simbólicamente y la llave recuperada metida en la cerradura. Emma que tenía una sensibilidad especial para estas cosas, hizo un pequeño arco de triunfo de flores y una escalera Lego que llevaba hasta la parte inferior. Nadie lo mencionó, pero todos sabían que las personitas se irían a casa a través de él tan pronto como terminara la fiesta de la boda.

Patrick, Emma y Omri habían tenido una larga y tensa discusión acerca del asunto.

—Esto tiene que ser el final —fue Omri el que lo dijo. Patrick también lo sabía pero no podía admitirlo así como así. Emma era la que no lo aceptaba, la que empezó la pelea.

—¡A vosotros dos os parece muy bien! —dijo furiosa. Estaba a punto de llorar—. Los habéis tenido muchísimo tiempo. El año pasado… Y los dos habéis viajado en el tiempo… ¡No es justo, no es justo!

—Tenemos que hacerlo, Em. Es demasiado peligroso para ellos.

—Podríamos mantenerlos en secreto… Lo hemos hecho.

—¿Durante cuánto tiempo? —preguntó Patrick en voz baja—. ¿Antes de que Tamsin les encuentre?

Ha estado muy cerca de conseguirlo una o dos veces. O cualquier otra persona.

Emma se quedó callada. Hacía todo lo posible para contener las lágrimas. Los chicos estaban violentos. Comprendían demasiado bien lo que sentía porque ellos se sentían igual. O peor.

—¡Pero quiero a Ruby! —estalló Emma—. ¡No puedo dejarla! ¡Nunca volveré a verla! ¡Es como… si tuviera que aceptar su muerte!

Los chicos no se miraron.

—He estado pensando en el viento —dijo Omri lentamente.

—¿Qué quieres decir? ¿el viento?

—El ciclón. Ha… ha hecho muchísimo daño. Arrancó millones de árboles. Destruyó prácticamente los jardines Kew y montones de sitios más.

—¿Y qué? ¿Qué tiene que ver eso con nada? No fue culpa nuestra.

—Bueno, yo creo que sí.

Los otros dos le miraron.

—Mirad. Nosotros… nosotros interferimos. Nos sentimos mal por los Indios que murieron, y ahora hemos hecho esto. ¿No lo comprendéis? Todo lo que pasó –el que Boone resultara herido, el ciclón, hasta el coche del señor Johnson– es culpa nuestra. Todo sucedió porque nosotros descubrimos un truco de magia y nos dedicamos a hacer travesuras con el tiempo.

—También ocurrieron cosas buenas —dijo Patrick en su defensa.

—¿Como qué?

—Ayudamos a Toro pequeño a derrotar a sus enemigos.

—Sí, bueno. Probablemente lo hubiera conseguido él solo y ahora le hemos enseñado las armas modernas y ya has visto a qué le ha llevado... ¡a que coja el revólver de Boone porque ahora matarle le resulta más fácil!

—Eso va a ocurrir de todas maneras —dijo Patrick lentamente. Él también se había dedicado a leer—. Cuando lleguen los hombres blancos, interfiriendo si quieres llamarlo así, cambiando el modo de vida de los Indios. Eso ya había empezado a suceder en la época de Toro Pequeño. Él ya lo sabía todo acerca de las armas... sólo dimos un empujoncito a lo que iba a pasar de todas formas.

Omri pensó en lo que había leído sobre el modo de vida actual de los Indios. En reservas. Los terrenos de caza les habían sido arrebatados, sus canciones y sus dioses desacreditados y perdidos, muchos de ellos alcoholizados, empezando desde hacía muy poco a intentar volver a ser ellos mismos, con sus antiguas tradiciones y sus creencias. Después de siglos de malos tiempos... tiempos horribles.

—No quiero dar esa clase de empujones —dijo—. Esto tiene que acabar.

Los otros dos se quedaron callados. Emma sollozó profundamente. Luego dijo:

—Pero mientras sigamos teniendo la llave, sentiremos la tentación.

Omri pasó revista a los muchos y muchos pensamientos que había tenido en torno a eso. Se había visto a sí mismo enterrando la llave, pero sabía que no serviría de nada. Mejor tirarla. Al Támesis, al mar. Había tratado de imaginarse a sí mismo haciendo lo que sabía que era lo mejor. Pero siempre había algo que se lo impedía. En su imaginación, echaba la mano hacia atrás y estaba a punto de lanzar la llave que saldría volando y se hundiría hasta el fondo y se perdería para siempre. Pero no lo haría. No podría hacerlo.

La solución a la que llegó no era perfecta pero fue lo mejor que se le ocurrió. Nació del profundo e intenso miedo que sintió y del dolor de saber que se habían metido donde no debían y habían hecho mucho daño.

—Voy a pedir a mi padre que la coja y la meta en el banco. Haré un paquete secreto con ella y el armario. El no sabrá de qué se trata. Les dirá que lo guarden en sus cajas de seguridad y que no lo devuelvan hasta que yo haya muerto.

Emma y Patrick le miraron atemorizados.

—¡Muerto!

Omri asintió solemnemente.

—¿Entonces, a quién se la entregarán?

—A mis hijos.

Emma estropeó el momento con una risita tonta. La idea de Omri teniendo niños… Pero su cara solemne hizo que se le pasara la risa de repente.

—¿Y sabrán…? ¿Les dirás… lo que es? ¿Lo que hace? —dijo.

—Se lo contaré como si fuera un cuento. No les diré que es verdad. Se lo dejaré a ellos. De esa forma no se perderá del todo. Solo se perderá para nosotros. Ya hemos hecho bastante.

El Reverendo Tickle tocó la Marcha Nupcial mientras la novia avanzaba por el pasillo. La Matrona iba a su lado, para entregarla. Toro Pequeño y Fickits eran los padrinos. Hacían falta dos para sostener a Boone. En el último momento le dio un ataque de nervios.

—¡No puedo! ¡No soy lo bastante bueno para ella! —murmuraba con la cara coloradísima—. Además un hombre no puede casarse sin sombrero. ¡No es correcto! ¡Yo me voy de aquí!

Y se dio la vuelta para huir. Pero Toro Pequeño y Fickits le sujetaron con fuerza hasta que la novia llegó junto a él.

Ruby Lou vestida de novia, con el pelo rubio suelto y un velo de encaje flotando a su alrededor como una bruma, era muy diferente de la Ruby Lou de raso rojo. Boone quedó tan entusiasmado al verla que se quedó mudo y se le doblaron las rodillas. Afortunadamente, Tickle lo había previsto y, cuando fue rápidamente del taburete del piano al altar para empezar la ceremonia, le pasó discretamente la petaca a Fickits, que dio a Boone un trago reconstituyente.

—¡El último! —juró Boone, pero ni siquiera Ruby, cogiéndole del brazo tiernamente, pareció creerle.

Justo antes del final, el bebé de Estrellas Gemelas se puso a llorar. La Matrona chasqueó la lengua y dijo: "¡Shh!" Pero Toro Pequeño y Estrellas Gemelas se miraron y sonrieron.

—¡Buen presagio! —gritó Toro Pequeño interrumpiendo los "sí-quiero"—. Voz de bebé signo de salud, ¡Larga vida! ¡Mucha esperanza! ¡Muchos niños!

Y lanzó un maravilloso aullido de placer que provocó un estremecimiento de felicidad y entusiasmo en todos ellos.